海に願いを 風に祈りを
そして君に誓いを

汐見夏衛

スターツ出版株式会社

無邪気《むじゃき》な君は、いつだって神様を信じてたけど、
私は神様なんかいないって思ってた。
ちっとも信じてなかった。
だって運命はこんなにも残酷《ざんこく》だ。

でも――もしも本当に神様がいるのなら、
どうか神様、お願いです。
もうこれ以上、彼に悲しい思いをさせないで。
私の大切な彼を、あなたを信じ続けた彼を、どうか幸せにしてあげて。
私の分の幸せを、全部あげたってかまわないから。
だから、どうか、どうか――。

目次

海に願いを　風に祈りを　そして君に誓いを

第一章　海の泡

深い深い海の底から、青い青い闇の中をゆっくりと浮かび上がってきた透明な泡が、光をはらんだ海面に触れてぱちんと弾けた。

——そんなふうに、はっと目が覚めた。

濁流《だくりゅう》のような鼓動《こどう》が、耳の奥深くでこだましている。ばくばくと暴れる心臓が内側から激しく胸を打ち、痛いくらいだった。

全身がぐっしょりと汗ばんでいる。背中がぞくりとするほど悪寒《おかん》がするのに、顔だけが妙に熱い。

私はしばらく布団の上に横たわったまま、目を見開いて天井の染みを眺めていた。

あれはなんの染みだったっけ……。そうだ、小一の時、バレンタインの日に優海《ゆう》とチョコレート爆弾を作って天井に投げつけたんだ。あの時は、『食べ物で遊んだらいかん』って、ふたりしておばあちゃんにずいぶん怒られたっけ……でも私は初めておばあちゃんに叱られて、怖かったけど少し嬉《うれ》しくもあって……。

ぼんやりと考えているうちに頭がはっきりしてきて、〝すべて〟を思い出した私は、タオルケットをはいでゆっくりと身を起こした。

布団から出て、学習机の横の壁かけカレンダーの前まで移動する。机の上に置いたペン立ての中から赤いマジックをとって、カレンダーのページをめくる。そして、〝その日〟の日付を確認すると、大きな星印をつけた。

――これが、私の『運命の日』だ。

私には、この日までに、どうしてもやらなくてはいけないことがある。

ペンの蓋《ふた》をきゅっと締めて、星印を凝視《ぎょうし》しながら唇を引き結ぶ。

覚悟を、決めないといけない。私自身のためにも、大切な人のためにも。

『運命の日』までの間、私は私にできるすべてのことを、ありったけの力を注いで、私に与えられた時間をすべて使って、なんとしてでもやりとおしてみせる。

なにもかも捧《ささ》げたって、少しも惜しくなんかない。だって、私はそれだけのものを与えてもらったのだから。ほんの少しでいいから、それを返したいのだ。きっと、どれだけ返したって足りないけれど、それでも、できることはすべてやっておきたい。

カレンダーのページを今月に戻し、ペンを元の場所に戻す。

机のいちばん上の引き出しを開けて、奥にある小箱をとり出した。おばあちゃんからもらった、ビーズ飾りのついた古い木箱。大切なものをしまってある、秘密の宝箱だ。

そっと蓋を開ける。

優海と川で遊んでいた時に見つけた綺麗《きれい》な青い小石。優海と一緒に飲んだラムネの瓶に入っていたビー玉。おばあちゃんに教えてもらいながら優海と一緒に作った押し花のしおり。優海が家族旅行のお土産《みやげ》にくれた砂時計。他にもたくさんの思い出の品たち。

そして、淡《あわ》い桜色のかけら。拾うと幸せになれるといわれる桜貝の、美しい貝殻のかたわれだ。光を浴びると優しいピンク色に透き通り、つやつやと煌《きら》めく。

紙のように薄くて、少しでも力を入れたらすぐに割れてしまいそうな儚《はかな》いそれは、優海が砂浜で見つけて、半分こにしてふたりで分け合ったものだ。

全体が砂にまみれていたから、割れないように細心の注意を払って、丁寧に丁寧に水で洗い流して綺麗にしたのを、今でも昨日のことのように覚えている。

私は窓の前に立ち、さっとカーテンを開いた。夏の朝の強い陽射しが、部屋中を白く照らし出す。まばゆい光を全身に浴びると、力がみなぎってくるのを感じた。

きっとできる。いや、やらなきゃいけない。

窓の向こうには、真っ青な海が広がっている。私たちが育った町を包み込む大きな大きな海。いつだって私たちの近くにあった、日常の一部。たくさんの命を生み育《はぐく》んだ優しい海、そしてたくさんの命を奪った恐ろしい海。

私は言葉もなく桜貝のかたわれを抱きしめながら、果てしない命の海を見つめた。

また、新しい一日が始まる。今までと同じように見えて、でも確かにどこかが違う一日が。

私は今から、いつもの朝と同じように洗面所で顔を洗って寝癖を直し、居間でおばあちゃんと朝ご飯を食べて、歯磨きをしたら部屋に戻り、制服に着替えて通学鞄を持って、家を出る。

胸の中に芽生えた密《ひそ》やかな決意は誰にも知られないように、〝いつもどおりの一日〟を送るのだ。

小さな秘密と大きな覚悟を胸に、私はひとつ深呼吸をして部屋を出た。

第二章　風の色

「おばあちゃん、行ってくるねー」

朝の光が細く射し込むほの暗い台所で、朝食の後片付けをしている背中に声をかける。おばあちゃんが振り向いて、「行ってらっしゃい、気をつけて」と微笑《ほほえ》んだ。

はーい、と答えながら、思う。

おばあちゃんは、あんなに小さかっただろうか。おばあちゃんの背中は、あんなに曲がっていただろうか。おばあちゃんの腕や脚は、あんなに細かっただろうか。

毎日一緒にいるから意識していなかっただけで、時間は確実に流れていて、おばあちゃんは確かに少しずつ衰《おとろ》えていっている。もしかしたら私は、それをわかっていたのに見て見ぬふりをしていたのかもしれない。

朝から少し沈んでしまった気持ちを奮い立たせるために、わざと溌剌《はつらつ》とした足取りで玄関《げんかん》に向かい、奥に向かってもう一度「行ってきまーす」と大声で言って勢いよく外に飛び出した。

門を出て扉を閉め、振り向く。母親に連れられてやって来た五歳の頃から、高校一年生になった今まで、ずっとおばあちゃんとふたりで住んでいる家。それより前のことはあまり覚えていないから、私の人生はこの家と共にある。

目をつぶっていても歩き回れそうなこの家で、これからもずっと暮らすんだろうと当然のように思っていた。でも、誰にでもいつかは必ず家から離れる時が来る。それは、大人になった時かもしれないし、結婚する時かもしれない。でも、ある日突然、当たり前の日常が奪われることもあると、私はもう知っている。

　ぼんやりと家を見ながら、そんなとりとめもない考えに耽《ふけ》っていた、その時。

「なーぎさーっ！」

　バカみたいに明るい声が飛んできた。

　続いて、しゃかしゃかと超特急で自転車をこぐ音。次に、きゅっとブレーキをかけて急停止し、がしゃんとスタンドを下ろす音。それから、ばたばたと駆け寄ってくる足音。

「凪沙《なぎさ》、おっはよー！」

　いつもと同じその騒々《そうぞう》しさで、声の主は振り向かなくてもわかる。

　とんっ、と背中に軽い衝撃《しょうげき》があって、すぐに両側から腕が回ってきた。

「もー、朝から暑苦しいなー」

　背後からぎゅうっと抱きつかれながら、私は眉をひそめて視線を斜め上に上げる。

　そこには予想どおり、満面の笑みを浮かべた幼馴染《おさななじみ》の優海の顔があった。

　細くて色の薄い猫っ毛がふわふわと揺れて、太陽の光をきらきらと反射している。くっきりとした二重まぶたの大きな瞳は、今は嬉しそうに思いきり細められていた。

「俺の愛の熱さを思い知れー、あはは」

そう言って楽しそうに笑う彼は、私がどんなに迷惑そうな顔をして見せても、いつもどこ吹く風だ。

幼稚園《ようちえん》の頃に友達になってからずっと一緒にいて、中一の半《なか》ばからはいちおう付き合っている。いつも優しいし、大事にしてくれるし、会って話すと楽しいし、いい彼氏なんだけれど、私のことを好きすぎて時々すごく面倒くさいのが玉に瑕《きず》だ。

優海が少し首をかしげて私を覗《のぞ》き込み、訊《たず》ねてくる。

「さっきなにぼーっとしてたんだよ、凪沙。めずらしいな」

「別になにもー？」

適当に受け流しながら、ぎゅうぎゅうと抱きしめてくる優海の腕をほどいて、自転車のハンドルに手をかけた。またがってペダルに足をのせ、さっさとこぎ始める。

すると優海が焦ったように「あ、待って待って」と置き去りにしていた自転車までダッシュで戻り、勢いよくサドルに飛び乗って追いかけてきた。

その間に私はどんどんスピードを上げる。ちらりと振り向くと、優海はあっという間に小さくなっていった。

「凪沙ー、置いてかないでー！　寂《さび》しくて死んじゃうぞ俺！」

優海の慌てぶりがおかしくて、ふふっと小さく笑ってしまう。まるで子犬みたいだ。追いかけてくる優海の自転車の音を聞きながら、私は全力でペダルをこいだ。

海風にさらされて色褪《あ》せた古い木造住宅が密集《みっしゅう》する細い路地。そこを抜けると、海沿いに走る国道に出る。

一瞬にして視界が明るくなった。目の前に広がる海の群青《ぐんじょう》、その上に覆《おお》い被さる大空の水色、水平線からもくもくとふくらむ入道雲《にゅうどうぐも》の白、住宅地の背後に迫る山々の緑。三百六十度、夏色だ。夏って、どうしてこんなにすべての色がくっきり鮮やかになるんだろう。吹きわたる風にまで、爽やかな色がついているように思える。

私たちが住んでいる鳥浦町《とりうらちょう》は、小さな港町だ。

港町というより漁村というほうが、この独特の寂れた雰囲気にはしっくりくるかもしれない。一応『漁港』という名前のついている場所はあるけれど、小さな漁船が十数台係留《けいりゅう》してあるだけのそこは、港というよりは船着き場という雰囲気だ。二十年ほど前の市町村統合《しちょうそんとうごう》で、付近の漁村がいくつかまとめられて『鳥浦町』という名前になったらしいけれど、大人たちは未だに自分たちの集落を『村』と呼んでいる。

「ふー、やっと追いついたー」

優海が嬉しそうに後ろに並ぶ。私は少しスピードを落とした。このまま走り続けたら目的地に着くまでにばててしまう。

「凪沙、今日もお参りするんだよな？」

訊ねられて、私は前を向いたままうなずく。

「うん、そうだよ」

「そっか。じゃ、俺も付き合うー」

「ありがと」

今度は少し横を見てうなずくと、優海があからさまに嬉しそうに笑った。

「にしても、凪沙は偉《えら》いよなー。ちゃんと毎日お参りして」

そう言っている彼のほうが、私よりもずっと真剣に手を合わせているのを、私は知っている。でも、あえてそれには触れない。

「まあ、おばあちゃんの代役だしね。さぼるわけにいかないでしょ」

ふたりで自転車を走らせながら、国道を北上する。

まだ朝早いので、車はほとんど走っていない。時々、ガードレールさえない歩道を散歩しているお年寄りがいるくらいだ。

左手には海、右手には緑深い里山。その間に、平地にへばりつくように家々が低く建ち並んでいる。十年間、毎日見つめ続けている風景。

風が吹いて髪がふわりと舞い上がり、じわじわ熱をはらみ始めた首筋に爽やかな空気が触れた。

もうすぐ七月。この海辺の小さな町は、太陽が力を増し始めると一気に暑くなる。夏は陽射しを遮《さえぎ》るものがなくて溶けそうなほど暑く、冬は海風を遮るものがなくて凍りそうなほど寒い。そういう町だ。

目的の場所が近くなり、私はブレーキを握った。ふたり並んで電柱の陰に自転車を停める。

走っている間は風を受けてまだ涼しかったけれど、止まった瞬間、額に汗が噴き出した。

「あっちーなー」

暑がりで汗かきな優海は、シャツの裾《すそ》を思いきりまくり上げてこめかみをぬぐっている。恥じらいもなくさらけ出されたぺったんこのお腹をぺちりと叩き、「こら」と私は声を上げた。

「みっともない！　もう高校生なんだから、子どもみたいなことしないの」

「えー？　誰も見てねえじゃん」

「見てないところから気をつけてないと、油断《ゆだん》したら人前でもやっちゃうんだよ。こういうのは習慣なんだから」

優海は「なるほど、さすが凪沙」と素直にうなずくと、お腹をしまい、腕を上げてシャツの袖《そで》で汗をぬぐった。

本当は服じゃなくてタオルかハンカチで拭いてほしいところだけど、一気にいろいろ言っても優海の頭がパンクしてしまいそうだから、ひとつずつだ。

住宅地から少し離れたところにある、周りを木々に囲まれた小さな草地。私たちがめざしていたのはここだ。

正確には、この草地の片隅にひっそりと立っている祠《ほこら》と、そこに祀《まつ》られている苔《こけ》むした縦長の石。通称、『龍神様《りゅうじんさま》の石』。

ここに住む漁師たちの船出の安全や人々の生活を守ってくれるありがたい神様の力が宿った石、と言い伝えられていて、今でもお年寄りを中心に信仰《しんこう》されている。

うちのおばあちゃんも例にもれず、この石に毎日お参りしていたら龍神様に守っていただける、と頑《かたく》なに信じている。水を粗末《そまつ》に扱ったり、むやみに汚したりしたら、海と水の神様である龍神様の怒りを買って罰が当たる。鳥浦の子どもたちは、そんなことを言い聞かされて育つ。

昔はいつもおばあちゃんに連れられてふたりで来ていたけれど、最近おばあちゃんは足腰が弱くなり、歩くのが大変になってきたから、ここ一、二年は私がひとりでお参りすることにしている。

私は自転車の前かごに入れていた通学鞄からおばあちゃんお手製の巾着袋《きんちゃくぶくろ》を取り出した。中には、おばあちゃんが毎朝用意してくれる、絹《きぬ》袋に入った生米《なまごめ》と小瓶に入ったお酒。

まずは祠に向かって一礼してから、石にお酒を振りかける。日本酒独特のにおいがつんと鼻をつき、ふわりとあたりに広がった。

次に、石の前に置かれたお供え用の小皿に、絹袋からお米をさらさらと注ぐ。それから手を合わせて拝《おが》む。一連の動作はもうすっかり身に付いていて、なにも考えなくても勝手に身体が動くほどだ。

優海はお酒やお米をお供えする私を隣でじっと見ていたけれど、私が石に向かって拝み始めると、同じように両手を合わせた。

神様にお願いすることなんてひとつもない私はいつもすぐに顔を上げるけれど、彼はまだしっかり目を閉じたまま拝んでいる。とても真剣な顔で。

私が毎日神様の石にお参りしていることを知った人からは、若いのに偉いね、信心《しんじん》深いね、なんてよく言われるけれど、本当は、私は神様なんてまったく信じていない。だから、お参りの時も形だけ手を合わせているにすぎない。

でも、優海は本気で神様を信じているらしい。だから、私よりずっと真剣にお参りをしているし、私と一緒ではない日にも律儀《りちぎ》に手を合わせているのだ。

無邪気というか、能天気《のうてんき》なやつ。今までの自分の人生を振り返ってみれば、神様なんていないことはわかりきっているはずなのに。いったいなにをそんなに真剣にお願いしているんだか。神様なんているはずないのに。

そう思いながら、私はいつも呆《あき》れ顔で優海の背中を見つめていた。——今までは。

私はもう一度手を合わせて、龍神様の石に向かって深く頭を下げた。

彼がまだ無言で手を合わせているので、その間に後片付けをすませ、荷物を鞄の中にしまう。それでもまだ熱心に拝んでいる優海を横から眺めていたら、その後ろ頭に寝癖がついているのを発見した。一カ所だけぴょこんと跳ねているふわふわの髪。

満足したらしい優海がやっと手を離してまぶたを上げると同時に、私は彼の寝癖をぴっと引っ張った。

「わ、なになに？」

「寝癖ー」

「え、マジ？」

「ほんっとだらしないんだから」

はあっとため息をついて「じゃ、お先に失礼」と自転車に飛び乗ると、彼は「ちょ、待って待って」と慌てて追いかけてきた。

「待たないよー。そんな寝癖つけてるようなやつと一緒に行くの恥ずかしいもーん」

「ええー、そんなあ、凪沙ー!!」

「ほらほら、急がないと遅刻するよー!!」

私は笑いながら空に向かって叫ぶ。途方《とほう》もなく大きい夏の青空は、ちっぽけな私の声なんて一瞬で吸い込んでしまった。

国道まで戻り、ひとけのない道をひたすら走る。

再び風に吹かれて、汗がすうっと引いていく。頬を撫《な》でていく爽やかな涼しさに、私は目を細めた。

このまま自転車で海沿いに十分ほど北上《ほくじょう》していくと、C半島を縦断《じゅうだん》する私鉄の駅があり、そこから国道は線路沿いに変わる。走り去る電車を横目に、三十分ほどひたすら自転車をこいで市境を越えると、やっと私たちが通う『水津《すいつ》高校』に辿り着くのだ。

鳥浦町のあるT市は海と民家と小さな商店ばかりの寂れた町だけれど、半島の中心に位置するS市は、隣の市とはいえずいぶん景色が違う。中心部の駅や国道の周りにはたくさんの飲食店やコンビニがあって、娯楽《ごらく》施設や総合スーパー、大型のショッピングモールまであるのだ。鳥浦の人たちが言う『街に出る』は、このS市の中心部に来ることを指している。大きな買い物や遊びはいつもここだ。

中学の頃までは鳥浦町内の学校に通っていたから、この街はすごく遠くに感じていて、遊びや買い物に出かけるのは年に数回の楽しみだった。でも、この四月から街の高校に通うようになって三カ月、さすがに慣れて物めずらしさもなくなってきた。むしろ今は、鳥浦に帰り着いた時にほっとするようになっている。

信号待ちで隣に並んだ優海を見ると、やっぱり寝癖がひょこひょこ揺れていて、気になって仕方がない。

優海はけっこう整った顔をしていて、冗談まじりに「芸能事務所に写真送ってみたら?」なんて言われることもあるくらいだけれど、本人は自分の容姿にまったく無頓《むとん》着《ちゃく》で、寝癖がついていようが目やにがついていようが頬に食べかすがついていようが、なんにも気にせず出てきてしまう。

「……ったく、しょうがないなあ」

呆れ顔で手を伸ばし、寝癖を撫でつけてやると、優海が嬉しそうに笑った。

「ありがと凪沙。優しいなあ」

「優しいとかじゃなくて、寝癖頭のやつといるのが恥ずかしいだけ」

「あはは」

私の嫌味にもからからと笑うだけの優海に、どれだけ能天気なんだと呆れてしまう。肩をすくめながら彼の髪を確認すると、やっぱりまだ跳ねていた。学校に着いたら水道に引っ張っていって濡らして直してやらなきゃ。まったく世話のやけるやつ。

信号が青に変わり、最寄り駅から高校へとつながる大通りを走っていると、徒歩で学校に向かう集団が見えてきた。電車通学の生徒たちだ。駅から近いという恵まれた立地条件から、水津高校の生徒は電車で通う人がほとんどだった。

鳥浦にも一応駅はあるので、私たちも電車通学ができないわけではないのだけれど、各駅停車の鈍行列車が一時間に一本来るだけなので、ちょうどいい時間に学校に着くのが難しい。ものすごく早く着くか、始業時間ぎりぎりか、どちらかを選ばないといけないのだ。しかも、途中の駅で乗り換えが必要な上に、急行列車の待ち合わせまであって、所要時間は結局は自転車通学とそれほど変わらない。

　というわけで私と優海は、雨の日や暑かったり寒かったりする日は少し大変だけれど、電車ではなく自転車で通うことにしている。四十五分間のんびり自転車をこぐ間にふたりきりでゆっくりと話せるのも、なかなか楽しい。

　徒歩集団の横を、少しスピードを落として通り抜けた直後、「優海、おはよう」と声が聞こえた。ブレーキをかけてふたり同時に振り向くと、同じクラスの黒田龍《くろだりゅう》くんが微笑みながら軽く手を振っている。

「おー、龍じゃん！　おはよー！」

　優海が満面の笑みで手を振り返した。

　黒田くんはさらに私にも笑みを向け、「日下《くさか》さんもおはよう」と挨拶《あいさつ》してくれた。

　自転車から降りて彼と並びながら、私は「うん、おはよ」と返した。

「優海、今日英語の長文読解《どっかい》の宿題提出日だけど、持ってきたか？」

「あったりめーだろ！」

「おっ、偉い偉い」

　黒田くんに頭をくしゃくしゃと撫でられて、優海は「へへっ」と嬉しそうに笑う。

野球部らしいさっぱりとした短髪で背が高く、落ち着いた雰囲気の黒田くんとは、優海が少年野球をしていた頃に交流試合で知り合ったらしい。そこで気が合って、よく遊びに行っていた。

小中は違う学校だったので、優海が訳あって野球を辞めてしまってからは疎遠《そえん》になっていたけれど、偶然同じ高校に進学して再会することができて、しかも同じクラスになり、優海は本当に嬉しそうだった。

『親友なんだー』と優海は言っていたけれど、私から見ると親友というよりは、黒田くんが飼い主で、優海はよく懐《なつ》いている子犬という感じだ。いじけそうだから言わないけれど。

そんなことを考えながら、黒田くんに褒められて満足げな優海を見ていて、ふと気になって記憶を遡《さかのぼ》る。そして昨晩のことを思い出して、私はぺしりと優海の頭をはたいた。

「いてっ。なにすんだよー凪沙」

「なに自慢げに褒められてんの。優海、宿題あったこと忘れてたじゃん。昨日電話で私が言わなかったら、また先生に怒られてたでしょ」

「う……確かに」

「ははっ、それでこそ優海だよな」

面倒見のいい黒田くんは、忘れっぽい優海のことをいつも気にかけてくれている。

今までずっと優海の世話係を自負《じふ》してきた私としては、高校になってから突然その役割の一部を彼に取られたような気がして、勝手に複雑な気持ちになってしまっていたけれど、今となってはそれがありがたい。

「……優海のことよろしくね、黒田くん」

ぽつりと言うと、彼は少し目を丸くした。

「どうしたの日下さん、改まって」

私は慌てて笑みを浮かべる。

「うん、なんていうか、これからもこいつの宿題のこととか気にしてあげてほしいなって」

「ていうか、俺が気にするまでもなく、日下さんがいちばん優海の面倒見てない？」

黒田くんがおかしそうに目を細めた。

「そうだけど、黒田くんがいればさらに心強いっていうか？」

「ふうん？　まあいいけど。じゃ、任せて」

にっこりと笑ってくれる黒田くんに、少しほっとする。

「ま、黒田くんに迷惑かけないように、私ができる限りしつけとくけどね！」

すると、これまで黙って私たちの会話を聞いていた優海が、面白くなさそうにむくれた顔をした。

「なんだよー、ふたりとも。面倒とか、迷惑とか、しつけとかさあ。俺を子ども扱いすんなよう」

「そう思うなら自分でちゃんとしなさい。忘れ物ばっかりしてる優海が悪い！」

「そうだそうだ」

「……まあ、そうだな。俺が悪いな」

そう言って肩を落とす優海に、「素直」と黒田くんが笑う。私もおかしくなって笑った。それから、気を取り直して背筋をぴんと伸ばし、優海に向かって宣言した。

「ていうかね、私決めた。これから優海のことビシバシ鍛《きた》えることにする」

「えっ、どういうこと？」

優海がきょとんとこちらを見る。

「優海ったら頭の中は部活のことばっかりで、それ以外のことすぐ忘れちゃうし、手も抜くでしょ。もう高校生なんだから、そんなんじゃこれから困るよ。だから、自分のことは自分でできるように鍛えるの！」

「えー……」

「これからはいちいち宿題のこととか確認してあげないから、自分でちゃんと提出期限把握《はあく》しなよ？」

「えっ、凪沙、冷たい！」

「冷たくない！　みんなそれくらい自分でやってるんだから、優海だってできるよ」

「でも俺は凪沙にかまってほしいんだよ～」

口をとがらせながら言う優海に、「子どもか！」と突っ込む。少し笑った彼は、それから眉をひそめて私をじっと見た。

「つーか、なんで急にそんなこと言い出したんだよ」

ふいに真剣な声音で問われて、どう答えたものかと一瞬考える。

「……だって、いつまでも私が優海の面倒見られるとは限らないじゃん……」

震えてしまいそうな声を励《はげ》まして、平静《へいせい》を装《よそお》ってそう答えたけれど、ちょうどその時、後ろから声をかけられて優海の注意はそちらに向いたので、たぶん私の言葉は耳に入らなかっただろう。

そのことにほっとしながら私も振り向くと、優海と同じバスケットボール部の林《はやし》くんが彼に寄ってきて、部活の話をし始めたところだった。

宿題の話をしている時はむくれていた優海が、バスケの話になった途端にきらきらと目を輝かせているから笑えてくる。野球を辞めた時はどうなることかと心配していたけれど、こんなにバスケを好きになれたのなら、よかった。

でも、残念ながら人生は、好きなことだけしているわけにもいかない。学生の本分は勉強なわけで、部活は副業。嫌いなことでもちゃんとしておかないと、好きなことにも影響を及ぼしてしまうことだってある。私はそれを目の当たりにした。

だから、優海を鍛える計画は、なにがなんでも遂行《すいこう》しないといけないのだ。

よし、やるぞ、と私は自分に気合いを入れた。


「おはよー！」

優海がいつものように笑顔で大きな声を上げながら教室に入る。

声でかいって、と私は突っ込んだけれど、すでに登校していたクラスメイトたちは一斉にこちらを見て、「朝から元気すぎ」と笑いながらも挨拶を返してくれた。私と黒田くんも続いて中に入ると、気づいたみんなが口々に声をかけてくれる。

私たちが所属しているのは、水津高校一年普通科のA組。もうひとつ普通科のB組があって、あとは商業科が二クラス、農業科と水産科が各一クラスある。全部で一学年六クラスの中規模な学校だけれど、進学をめざす人も、就職をめざす人も、専門知識や技術を身につけたい人も幅広く学べるということで、このあたりではけっこう人気のある高校だ。

地元の中学からの進学者がほとんどなので、クラスは入学当初からアットホームでフレンドリーな雰囲気だった。一学期も終わりが見えてきた今となっては、まるで何年も同じ教室で共に過ごしたかのような仲のよさで、とても居心地がいい。

「凪沙、おはよ」

席についてすぐに声をかけてきたのは、私のいちばん仲よしの佐伯真梨《さえきまり》。

同じ鳥浦中学の出身で、その頃は軽く挨拶を交わすくらいだったけれど、高校で同じクラスになってから急速に仲よくなった。ふわふわした雰囲気の可愛い女の子だ。

「ねえねえ、数学の予習ちょっと見せてくれない？　今日当たりそうなんだけど、合ってるか自信ないとこあって」

「いいよー、どの問題？」

真梨に数学のノートを見せていると、教室の後ろのドアから「おーい、三島《みしま》ー！」と優海を呼ぶ声が聞こえてきた。振り向くと、日本史担当の先生が怒り顔で腕組みをしている。それを見た瞬間、優海が「あっ！」と声を上げて青ざめた。

「忘れてたー!!」

その叫びに、私は呆れ返って眉をひそめる。あいつ、本当になんでもかんでも忘れて。どうしようもないやつ。

がばっと立ち上がった優海は、そのままの勢いで先生のもとへと駆け寄った。

「ごめん先生！　すっかり忘れてた！」

「ったく、俺が昨日どんな気持ちだったかわかるか、こら！」

ふたりのやりとりをクラス中が苦笑しながら見ている。真梨もくすくす笑って私に話しかけてきた。

「三島くん、またなにか忘れてたみたいだね」

「放課後に先生から呼び出されてたのに、すっかり忘れて部活に直行しちゃったんだよ」

肩をすくめながら答えると、真梨がぱちぱちと手を叩いた。

「すごいねえ、凪沙と三島くんほどの付き合いになると、なにも聞かなくてもそこまでわかっちゃうんだ」

彼女の言葉に少しどきりとして、「たぶんだけど」と付け加える。それから笑みを浮かべて続けた。

「なんとなくね。どうせそんなとこだろうなって」

向こうでは、優海がまだ先生から怒られている。

「ずっと準備室でお前が来るの待ってたんだぞ、暗くなるまで！」

「えー、本当ごめん先生……行かなきゃって思ってたのに授業終わった瞬間、部活のことで頭がいっぱいになっちゃって……」

「だからメモしとけって言っただろうが」

「それも忘れてた……ごめんなさい」

先生と優海のやりとりを聞いて、真梨が目を丸くして私を見た。

「すごーい凪沙、大当たり、ほんとに予想どおりだよ！　びっくり。すごいねえ、さすが」

私はあははと笑って答える。

「だてに十年幼馴染やってないからね」

「そっかあ。さらに三年カレカノだもんね」

「まあね。そう考えたら長い付き合いだよね、本当に」

幼馴染になってから十年、そのうち三年は恋人同士。

でも、付き合う前の七年間には、一緒に過ごさなかった時期もあった。そのことは高校の同級生たちには言っていないし、これからも言わない。鳥浦出身の人は知っていることだけれど、みんなあえてそのことについてはなにも言わずにいてくれている。だって、優海は顔にも口にも出さないけれど、絶対に触れられたくないことだろうから。だから、私もなにも言わない。

私と優海は、幼い頃から七年間、いちばんの仲よしで、どこに行くにもなにをするにも一緒で、片時も離れずずっと共に過ごしていて、中学一年の時に付き合い始めた。

そういうことにしている。

「じゃ、わかったか。昼休み、絶対来いよ」

先生の言葉で、はっと我に返る。

ごめんなさーい、と謝りながら先生を見送った優海がこちらへ戻ってきた。

「凪沙ー！　またやっちゃった」

私に怒られるのがわかっていて、素直に報告に来るのが面白い。

「日本史の小テストでさー、点数悪かったから再テストって呼ばれてたんだけど、昨日は体育館オールコートで練習できる日だったから、早く部活行かなきゃって思ってたら、テストのことすっかり忘れてて」

「もー、ほんっと優海は部活バカなんだから。あんた学校に部活しに来てるんじゃないの？」

「えっ、そうだけど？」

「いやいや、学校は勉強するところだから!!」

「あ、そういうことね。勉強もするって、あはは」

いつもならここで笑い合って終わりだけれど、これからはそういうわけにはいかない。私は表情を引き締めて優海を見た。

「あんたが部活好きなのはわかるけど、そればっかりってわけにもいかないからね。はい、じゃあ今から再テストの勉強！」

「え～、朝っぱらから嫌だー。休み時間にするって」

「とか言ってどうせまたすぐ忘れるんでしょ。はい、教科書出して」

優海はしぶしぶ日本史の教科書を開く。かわいそうだけれど、これからはスパルタで行くと決めたのだ。悠長《ゆうちょう》なことは言っていられない。

「もうすぐ期末テストだよ？　バスケ部は赤点が一教科でもあったら夏休みの試合に出してもらえないって聞いたよ」

「あー、うん、そうなんだよ……よく知ってるな、凪沙。高校の部活って厳しいよなあ」

いくつも赤点をとって夏休みは補習三昧《ざんまい》になり、練習に行けない上に試合にも出られないという、優海にとっていちばんつらい展開になるのが目に浮かぶ。

「だから、テストまであと二週間、ちゃんと勉強しなきゃ！　ね？」

「わかった！　俺がんばる！」

素直なところが優海のいちばんの取り柄《とりえ》だ。口車にのせるのが楽で助かる。

「じゃ、これからは、課題とか予習とか小テストの予定とか、先生からの呼び出しとか、忘れないようにメモすること。それから、期末テストに向けてしっかり勉強すること！　ちゃんと計画立ててメモしとくんだよ？」

「んー、メモなあ。たまにメモ書いたりするけど、その紙失くしちゃうからなー、あんまり意味ないっつーか」

「失くすような紙に書くからだめなんだよ。メモ帳とか手帳とかに書かなきゃ」

「そんなん持ってないもん」

「んー……」

優海は昔から、その大らかすぎる性格のせいか、細かいことを気にするのが苦手だ。だから、メモもほとんどしなくて、そのせいで提出物を忘れたりしてよく先生に叱られていた。

細かいことにこだわらないのは優海のいいところとはいえ、あまりにも大雑把《おおざっぱ》で忘れっぽいと社会に出てからきっと困るだろう。高校や大学の間に少しは成長して、社会人になるまでにはなんとかなるかなと思っていたけれど、こうなったらそんな希望的観測なんてしていられない。

「よし、わかった！　じゃあ放課後、手帳買いに行こう！　今日は部活休みでしょ？　私が優海にぴったりのやつ選んであげるから」

そう言えば断れないことをわかった上で、私はそう宣言した。優海は私が選んだものなら絶対に大切にしてくれるし、なるべくきちんと使おうとしてくれるだろうという、我ながら傲慢《ごうまん》な自信があった。

私にとって優海が特別な存在であるのと同じように、彼にとっても私は特別なのだ。きっと。

「マジで！　俺のために凪沙が選んでくれんの？　嬉しい！」

案《あん》の定《じょう》、優海は満面の笑みで飛び上がった。本当に単純で扱いやすい。

「よっしゃ、放課後デートだー。今日は部活ないから放課後つまんねーと思ってたけど、凪沙と出かけられんなら元気百倍だぜ！」

「それ以上元気にならなくていいよ、うるさいから」

「うるさいとか、冷たい！」

「はいはい、わかったから。じゃあ、放課後また再テストにならないように、ちゃんと日本史の勉強してね」

「よし、がんばる！」

優海はにこにこしながら小テストの範囲の復習を始めた。

そんな私たちを見て、「ほんと単純」と黒田くんや真梨が笑いをこらえている。

「優海を動かすには、日下さんがいちばん効果てきめんだな」

「三島くんて本当に凪沙のこと大好きだよね。こんなラブラブなカップル見たことないよ」

「溺愛《できあい》だよな。それを隠さないところがまたすごい。裏表のない優海らしいというか」

優海と私は、クラス中の、というか学年中の公認《こうにん》の仲だ。

付き合っていることを知られていると、みんなの前でどんな顔をして話せばいいか

わからないから、私は本当はあまり知られたくなかったのだけれど、バカ正直な優海が、入学して最初のホームルームで、

『鳥浦中出身の三島優海です。趣味は凪沙で、好きな四字熟語は日下凪沙です』

というアホな自己紹介をしたので、すぐにクラスメイトだけでなく学年のみんなへと知れ渡ってしまったのだ。部活でも隠さずに私のことを話しているようなので、たぶん上級生たちにも知られている。

初めは周囲の視線が気になって恥ずかしくて、誰かがいるところでは必要以上に優海と話さないようにしていたけれど、あまりにもあっけらかんとしている彼を見ていたらバカらしくなってきて、私も今はこそこそするのはやめてしまった。

とはいえ、国語表現の授業で『凪沙ちゃん、とっても大好き、愛してる』というバカみたいな俳句を作ってみたり、英作文の授業で英語日記の発表をした時にすべてのページが『I love Nagisa』から始まっていたりしたのは、あまりにも恥ずかしかったのでさすがに怒ったけれど。

この前も「来週の土曜は凪沙と遊びに行くんだぜー、いいだろー」と男子たちに自慢げに言いふらしていて、恥ずかしいことこの上なかった。

「愛されてるねえ、凪沙」

真梨がにやにや笑って言ってから、「いいなあ、私も彼氏欲しいなあ」と両頬を押

さえながらぼやいた。

「三島くんみたいに、毎日何回も愛を囁《ささや》いてくれる優しい溺愛彼氏！」

「いや、優海のは囁きじゃなくて雄叫《おたけ》びみたいなもんだから。うるさいし近所迷惑だから、真梨はもっと物静かで落ち着いた彼氏のほうがいいよ」

私が即座《そくざ》にそう言うと、真梨と黒田くんが声をそろえて笑った。

当の本人は周りのやりとりなど聞こえていないのか、教科書とにらめっこしている。相変わらずの集中力だ。

優海はあまり要領《ようりょう》のいいほうではないし、基本的にのんびりしているので、勉強は得意ではない。中学のテストもいつも平均点以下で、苦手科目はクラスの最低点に近い点数ばかりとっていた。それでも、中堅《ちゅうけん》進学校レベルの偏差値《へんさち》が必要なこの高校の普通科に入れたのは、この集中力の賜物《たまもの》だ。

私がここを受けると決めた中三の夏、優海は『俺も凪沙と同じ高校に行く！』と宣言した。『絶対無理だから諦めろ、無難《ぶなん》なところを受けろ』という先生や友達からの必死の忠告も聞かず、部活を引退して以降、毎日朝から晩まで勉強し続け、最後には先生も驚くほどの成績急上昇を遂げて本当に合格してしまったのだ。

誰もが飛び上がるほど驚いていたけれど、私は、私だけは、彼の合格を微塵《みじん》も疑っていなかった。小さい頃から優海は、好きなことに対しては周りの声も聞こえないくらい熱中するし、やると決めたことは絶対にやり遂げるやつだった。だから、きっと受かるだろうなと思っていたのだ。

優海は、やればできる。やる気にさせられるかどうかは、私の腕の見せどころだ。ずっと一緒に過ごしてきた私は、彼の思考回路《しこうかいろ》も行動原理《こうどうげんり》も手に取るようにわかっているから、大丈夫だ。優海がちゃんと課題を忘れずに提出できるようにして、期末テストを赤点なしで乗りきれるようにして、そして――。

やらなくてはいけないことは、たくさんある。ちゃんと全部、抜けがないように、ひとつひとつしっかり地道にやっていかないといけない。時間はたくさんあるようで、でもあっという間に過ぎ去ってしまうから、急がないといけない。


「凪沙、行こうぜ！」

帰りのホームルームが終わると同時に、優海が私の席まで飛んできた。

「早っ」

「帰る準備、先にすませてたからな！　偉いだろ」

「それはいいけど、ちゃんと先生の話聞いてた？」

「聞いてた聞いてた」

「じゃ、明日の朝までに提出のプリントは？」

「え？」

予想どおりのリアクションに、私は大げさに肩をすくめた。

「やっぱりね。どうせ上の空で聞いてたんでしょ。アレルギーの調査票、明日提出だからね！」

「あっ、そういえばそんなこと言ってたな」

「もう……あとで手帳買ったらちゃんとメモしときなよ」

「りょーかい！」

あはは、と笑ってから、優海は私の手をとって立ち上がらせた。

「じゃ、一刻も早く行くぞ！」

「はいはい……」

どうも、手帳を買いに行くという本来の目的よりも、他のことを楽しみにしているような気がする。

「あー、凪沙と放課後デートとか、夢みたいだなあ」

靴箱に向かう途中で、優海が浮かれたように言った。

やっぱり、と内心でため息をつく。まあ、わかってはいたけれど。

「中学の時もしょっちゅう一緒に帰ってたし、帰りに寄り道もしてたじゃん」

「でもさあ、学校帰りに買い物デートとか、なんかいかにも高校生って感じでいいじやん！」

優海の所属するバスケ部は、うちの高校にしては熱心に活動している。平日に練習が休みになるのは、土日両方が大会や練習試合でつぶれてしまった時だけで、月に一日あるかないかくらい。一方私は帰宅部で、あまり帰りが遅くなるとおばあちゃんが心配するので、行きは優海と一緒だけれど帰りは別々だ。

だから、一緒に帰るというだけで少し嬉しくなってしまう気持ちは私も同じだけれど、優海が喜びすぎてうるさくなりそうなので言わない。

彼がにこにこしながら靴箱の蓋を開ける。ほんと嬉しそう、と思うと同時に、ふと思いついて、私はスマホを取り出した。

優海にばれないようにカメラを起動する。そして、満面の笑みの横顔に向けて撮影ボタンを押した。

かしゃりとシャッター音が鳴ると、優海が目を丸くして振り向いた。

「えっ、なになに、撮った？」

「うん」

優海が「ええーっ」と声を上げる。

「なんでなんで？　てか、すげー変な顔してた気がする！」

「うん、お察しのとおり、めっちゃ変な顔してたよ」

からかうように言ってスマホをしまい、私は上履きからローファーに履き替えた。

「まあ、別にいいけどさー。どうせ大した顔じゃないし。でも、なんで急に写真なんか撮ったんだよ、めずらしい」

「……別に、意味なんかないけど」

少しうつむいて答えた瞬間、自分の靴を映していた視界に、突然優海の顔が現れた。

「わっ、びっくりしたー」

とがめるように言っても、彼は黙って私の顔を覗き込んでいる。

「……なによ」

訊ねても答えはない。ただ、静かな視線が私の目をとらえるだけ。

「そんなに見られたら照れちゃうんですけどー」

おどけたように言って、私はさっと踵《きびす》を返した。そのまま玄関から出て、駐輪場へと一直線に歩いていく。

優海は私の横に並んで歩きながら、まだじっとこちらを凝視している。

「なによ。顔になんかついてる？」

「いや？　いつもどおり可愛くて綺麗な顔だよ」

「……バカ」

いつものことながら、あまりにもさらりと言うので困ってしまう。

ていうか私可愛くないし、と続けたいところだけれど、そう言うと優海が全力で否定して私の可愛いと思うところを延々と語り始めることは経験上わかっているので、言わない。

私はもう一度「バカ」とつぶやいてそっぽを向いたけれど、優海はちっとも視線を外してくれない。

「もう、なによ。そんな見ないでよ」

「……なーんかおかしいんだよな。今朝から、なんか変！　様子がおかしい。凪沙が変！」

優海が眉をひそめて唇をとがらせながら言った。

「変、変って、失礼な」

また茶化すように笑ってみせたけれど、やはり空気は硬いまま。

優海に嘘はつけない。十年間、ほとんどの時間を一緒に過ごして、その絆《きずな》の強さはもう家族のようなものだから、適当なごまかしなんてきかないのは仕方がない。

「……ちょっとね、嫌な夢を見ちゃって。それで、いろいろ考えてたから、いつもと違うのかも」

苦し紛れにそう言うと、優海が目を見張った。

「嫌な夢？　どんな？」

「……苦しくて、悲しくて、怖い夢。内容は、思い出したくないから、言いたくない」

優海が足を止める。私も立ち止まって彼を見上げると、とても苦しそうな表情をしている。そして次の瞬間、がばっと開いた優海の腕に抱きすくめられた。

「……思い出したくないくらい嫌な夢、見たのか」

耳元で優海の声がする。優しい声に、思わずまぶたを閉じた。

「そんなに怖い夢見たなんて、凪沙……かわいそうに」

なぜか彼のほうが泣きそうな声をしているのがおかしい。

ぽんぽん、と背中を叩く手。それから、ゆっくりと頭を撫でられる。

「俺がいるからな。俺が守ってやるから、もう怖くないぞ。安心しろ、凪沙」

あたたかい手のひらの感触とやわらかい声に、私はふふっと笑みをもらし、うん、とうなずき返した。

「うん、もう大丈夫。全部忘れた」

ぱっと顔を上げて微笑みを向けると、優海に笑顔の花が咲く。

その時、ひゅう、とからかうように口笛を吹く音が聞こえてきた。

「相変わらずラブラブだなー」

笑いながら声をかけて通り過ぎていったのは、バスケ部の林くんだ。それで、ここはまだ学校の中だったと気がついて私は恥ずかしくなったけれど、優海はあっけらかんと笑って「うらやましいだろー」と返し、私を抱きしめる腕に力を込めた。

「ちょっと、優海……離れよう、学校だから！　みんな見てるし」

「いーじゃん、別に悪いことしてるわけじゃねーんだし」

「そうだけど、そういう問題じゃないの。人前ではベタベタしないもんなの」

「じゃ、帰ってからベタベタしよー」

からから笑って、優海は私の手を握って歩き出した。

その瞬間、すっと吸いつくように手と手が馴染んだ。欠けていたパズルのピースがはまったみたいな、失くしていた宝物が見つかったみたいな、満たされた気持ち。

まったくもう、と呆れたように言ってみせたけれど、本当は少しも呆れてなんかいないことは自分がいちばんよくわかっている。

それから、ふっと笑みがもれた。昔のことを思い出したからだ。

子どもの頃、私は犬が苦手だった。よく遊んでいた空き地の近くで飼われていた大型犬が特にだめで、吠えられると怖くて足が動かなくなってしまった。

優海と一緒にその道を歩いていたある日、犬におびえる私の姿を見た彼は、すぐに私の手を握った。そしてさっきと同じように『俺が守ってやるからもう怖くないぞ』と言ってくれたのだ。その彼の手も実は震えていたことは、気づかないふりをしてあげた。

私たちは強く強く手をつないだまま、犬の前をふたりで一気に駆け抜けた。『ほらな、怖くない』と笑った優海の笑顔が、今でも昨日のことのように目に浮かぶ。

私は思い出し笑いをしながら、つないでいないほうの手でスマホを取り出し、隣の優海をまたこっそりとカメラにおさめた。グラウンドに顔を向け、野球部の友達に手を振っていた優海は、今度はシャッター音には気づかなかったらしい。

画面に映し出された彼を見つめる。夏の光を受けてきらきら光る、明るい色のふわふわの髪と、それにも負けないくらい輝いている、明るくてやわらかな笑顔。

いいなあ、と思った。優海の隣は、とても居心地がいい。いつでも穏やかな笑みを浮かべている彼の横にいると、そのふんわりとした空気に包まれて、私まで優しくなれるような気がするのだ。

「優海、これはどう？」

いつもは素通りする学校の最寄り駅に立ち寄り、書店に隣接している文具コーナーでスケジュール帳を物色《ぶっしょく》する。

時期外れなのであまり種類は多くはなかったけれど、その分ベーシックな定番の商品や、人気のものだけが陳列《ちんれつ》されているので、無駄に目移りせずにすんで探しやすい。表紙やカバーがシックなものばかりで地味だけれど、高校生っぽくて逆にいいかもしんでた。

目ぼしいものを見つけて優海に声をかけると、「ん？」と首をかしげて覗き込んできた。

「ほら、見て。メモ欄が大きいし、余白が多いから、優海のバカでかい字でもたくさん書けるよ」

「バカでかいって、言い方ー。まあ確かにバカでかいけどさ」

ぶうぶう言いながらも私が渡した手帳をぱらぱらめくっていた優海は、しばらくして諦めたようにぱたんと閉じた。

「手帳使ったことないから、よくわかんねー」

そう言うと思っていたので、笑いをこらえながら手帳を受け取る。

「じゃあ、これでいい？」

「これが、いい！　凪沙がいいって言うんなら、これがいちばんいいんだ」

「あっそ。じゃ、これにしよう」

手帳を持ってレジへと向かう。優海がリュックから財布を出そうとしたので、私はそれを手で制した。

「いいよ、買ってあげる」

その瞬間、優海が目を丸くした。

「えっ、なんで？　自分で買うよ。金ならちゃんと持ってきてるし」

「いや、ええと……ほら、もうすぐ優海の誕生日だし？　ちょっと早めの誕生日プレゼントってことで」

「俺の誕生日？　もうすぐって……二カ月以上先じゃん」

「そうだけど。ほら、何事も早め早めがいいんだよ、ね」

それ以上なにも言わせないように、私はレジ台に千円札を二枚置いた。

優海はまだ納得できないような表情をしていたけれど、包装《ほうそう》してもらった手帳を渡すと、にっこり笑って「ありがと凪沙、大好き」と言った。私は「はいはい」と肩をすくめた。

連れ立って出口に向かい、駐輪場にとめていた自転車に乗った。これからまた四十分近くかけて私たちの町へと帰る。

「あ、そうだ。優海、帰ったらすぐ手帳に明日の提出物書くんだよ。忘れないうちにね」

少し自転車を走らせたところで、ふと思い出して優海に声をかけた。

「おー、もちろん」

「あと、明後日の小テストの予定もね。再来週からの期末テストの日程と学習計画も書いとかなきゃね」

「うへー、仕事が多いぜ！」

「たいして多くない。これからはホームルームで聞いたことはちゃんとすぐに書くんだよ、オーケー？」

「オーケー！」

わかってるんだかわかってないんだか、不安になるような軽さで笑って優海は私にグーサインを向けてくる。明日の朝、さっそくチェックしよう、と心に決めた。

とりとめのない話をしながら走るうちに、青く煌めく海が見えてきた。帰ってきた、という実感が込み上げてくる。

海に近づくにつれて、潮風が強くなる。この風を全身に浴びて育ったから、髪はいつもきしんでいるし、肌はべたついている。それでも、やっぱり私たちはどうしようもなく海が好きだった。

海沿いの道をひた走る。風が吹いて髪を、スカートを舞い上げる。ふたりの影が、長く路面へと伸びていた。

薄青《うすあお》の空から降り注ぐ光は、少しずつ黄色味を帯びていく。もうすぐ日が暮れて、太陽は水平線へと沈んでいき、夜が訪れるだろう。そうしたら、今日は終わる。ついさっき今日が始まったような気がするのに、もう終わってしまう。

学校に行って授業を受けて帰ってきたら、一日なんてあっという間だ。こうやって過ごしていくうちに、時間は光の矢のようにほんの一瞬のうちに流れ去ってしまうのだろう。

まだまだ先だと思える期末テストも夏休みも、きっとあっという間にやって来る。時間の流れは本当に早い。

わかっているけれど、それでも、いつまでもこうやって海を眺めて全身に風を受けながら、優海と自転車を走らせていたい、と強く強く思った。

第三章　夏の朝

机の上に置いた一枚の紙の前で、私は頬杖をつきながらペンをもてあそんでいた。朝のホームルームで配付された、進路希望調査のプリントだ。

希望大学、希望学部・学科。将来なりたい職業。

前はなんて書いたっけ。覚えていない。

自分で書いた自分の進路希望を、まったく覚えていないなんて。つまり、その程度の希望だったということだ。その時の思いつきで適当に空欄を埋めたのだろう。

仕方なく今回も、教室の前の棚に置かれている大学一覧の本をもってきて、だいたい偏差値の合う大学のそれらしい学部を選んで記入した。

でも、なりたい職業の欄は、見ているとなんとも言えない気持ちになって、とりあえずは空欄のままにしておくことにした。

そして、昼休み。

私は席を立って移動して、真梨の席に行き、向かい合って弁当の包みを開く。隣の机には優海と黒田くん。いつものメンバーだ。

「凪沙、進路希望のやつ、もう書いた？」

真梨に問われて、箸《はし》を出しながら答える。

「あー、うん。まあ、だいたい、適当に。職業のとこはまだ書けてない」

「私もー。職業とか言われてもまだわかんないよね」

　すると、横で会話を聞いていたらしい黒田くんがこちらを見て話しかけてきた。

「なんか意外だな。日下さんなら大学とか職業とか、もうばっちり決めてるのかと思ってた」

「いやあ……全然。早く決めなきゃいけないとは思ってるんだけどね、ぴんとこないというか」

　すると、コンビニの袋からおにぎりを取り出しながら優海が口をはさんできた。

「進路とかさあ、焦らなくていいんだよ。まだ俺たち一年なんだし」

　パッケージを開け、海苔《のり》をぱりぱり鳴らしながらおにぎりを取り出す。いつもの動作をしながらも、優海の表情はいつになく真顔だった。

「凪沙は凪沙のスペースで考えればいいじゃん」

　一瞬、彼がなにを言っているのかわからなくて、私は動きを止めた。スペース……空間？　宇宙？　真梨と黒田くんも首をひねっている。

　それからすぐに『ペース』を『スペース』と言い間違えたのだと気がついて、私は思わず吹き出した。

「それを言うならペース、でしょ」

「あっ、そうか！」

　優海が照れくさそうに頭をかくのを、黒田くんが「せっかくいいこと言ったのに、

キマらねえなー」とからかう。真梨もおかしそうに笑って、

「三島くんて横文字苦手だよね。この前のインフレ事件も笑ったなー」

「教室じゅう爆笑だったもんな」

インフレ事件とは、先週の公民の授業で起こったことだ。

『ある程度の期間、継続的《けいぞくてき》に物価が上昇し続ける現象をなんと言う？』という質問で優海が指名された。でも彼はまったく答えがわからなくて、『最初の三文字だけ教えて先生！』と懇願《こんがん》したところ、先生が『インフ……』と教えてくれた。そこで優海はぱっと顔を輝かせて、『インフルエンザ！』と堂々と言ってのけたのだ。

先生がインフ、と言った時点で、インフルエンザとか言うなよ優海……と念を送っていた私は、予想どおりの結果にうなだれてしまった。

今でもあの時の優海の解答は、クラスのかっこうのネタになっている。

「あー、あれなー。みんなめちゃくちゃ笑うから恥ずかしかったな。で、正解はなんだったっけ？」

呆れ返った私は、弁当箱の蓋で優海の頭をぱこんと叩く。

「インフレーション！　もう、いいかげん覚えなよ。期末テストの範囲だからね？わかってる？」

「うひー、そうだった、テスト！　がんばらないとなー」

口ではそう言いつつも、そのへらへらした表情にはまったく危機感がない。

これは本腰を入れて鍛えないと。ここは、心を鬼にして。

「その締まりのない顔はなんだ⁉　気合いが足りない！　ふざけるのも大概《たいがい》にしろよ！」

思いきり眉根を寄せて、できる限りの厳しい口調で言ってやると、「わー、凪沙が怖い～」と優海が口をへの字にした。

おかしそうに笑っている真梨と黒田くんを横目に、私は肩の力を抜いて、「優海のことはもういいや」と首を振った。

ひでー、と嘆いている優海は無視して、「真梨と黒田くんは進路希望書けた？」とふたりに訊ねる。

「俺は体育の先生になりたいから、教育学部の体育科」

黒田くんがそう即答した。

「わあ、さすがだねえ、しっかりしてるー。体育の先生、似合う！」

真梨が黒田くんに向かってぱちぱちと手を叩くと、黒田くんが「なれるかわかんないけどさ」と照れくさそうに笑った。

次に真梨が「私はねえ」と微笑みながら口を開く。

「まだ全然決まってないけど、なんとなく美容のお仕事楽しそうだなって思ってて、そういう系の専門学校調べて書いといた」

「わー、いいじゃんいいじゃん、似合うよ」

こくこくとうなずきながら言うと、真梨はありがとうと笑った。

中学の頃から真梨はいつも可愛い髪形をしていたし、休みの日にはメイクもネイルも綺麗にしている。初対面の人ともすぐに打ち解けられるから美容師でもネイリストでも向いていそうだ。

当たり前だけれど、みんなそれぞれにいろんな夢がある。

でも、私の夢は――。

そんな考えに沈んだ瞬間、「凪沙ー」と泣きそうな声が聞こえてきた。顔を上げると、優海が情けない表情でこちらを見ている。

「なんで俺には聞いてくれないんだよー」

「あー、ごめん、忘れてた」

「ひどっ！」

黒田くんが笑いながら「優海はなんて書いたん？」と訊ねる。

「おっ、見たい見たい？」

「どうせヒーローになりたいとか書いてるんでしょ」

「ひどいよ凪沙ー、俺もうガキじゃないんだからさあ」

「あ、そっか、それは小学校の時だね。中学の時は勇者って言ってたか」

「さすが優海だなー！」

「あはは、三島くんって本当面白いね」

「さてさて、仮面ライダー、スパイダーマンときて、優海くんは高校ではなんて書いたのかな～？」

にやにやしながら言うと、優海は『えっへん』と効果音のつきそうな顔をして、一枚の紙をみんなの前に広げた。

「じゃじゃーん。見よ、これが俺の夢だ！」

彼の進路希望票を受け取り、なりたい職業の欄を見ると、【書き切れないから裏に書きました！】とある。

いったいなにをそんなに書いたのか、と首をひねりながらプリントを裏返すと、優海にしては細かい字で、上から下までぎっしりとなにかが書かれていた。

「なにこれ」と笑いながらも視線を落として、目に入ってきた『プロポーズ』という文字にどきりとした。

【卒業したら就職する。稼げる仕事！　凪沙は賢いからたぶん大学に行くから、俺はその間にがんばって働いて金貯める！　百万くらい貯まったらプロポーズ!!　……少ない？　三百万くらいあったほうがいいかな？】

そこには、純粋に私との将来の夢を描く優海の言葉があった。

【あっ、でも、凪沙は真面目だから学生結婚とか嫌がりそうだな。凪沙が大学卒業して就職決まってからにしよう。あ、仕事に慣れてからのほうがいいかな？　まあそれは凪沙の様子見ながら決める】

優海はいつも私のことを最優先に考えてくれる。それは昔からちっとも変わらない。

【結婚したらあったかい家庭を築く！　子どもはたくさん欲しいけど、何人も産むのは凪沙が大変かな～。でもふたりか三人はいるといいな。兄弟がいないとさみしいから。俺が産んでやれたらいいけど無理だし、俺が全力で支えて応援するから、がんばってもらえるかな？　育てるのは俺も一緒にがんばるぞ！】

兄弟がいないとさみしい、という言葉が私の胸に突き刺さった。幼い頃、面倒見のいい優海が、いつも弟の広海《こう》くんと遊んであげていた姿が目に浮かんだ。

【家は大きくなくてもいい。広すぎる家はさみしいし、狭いほうがいつも凪沙の近くにいれるからいい。そんで犬と猫を飼う。凪沙は猫派で俺は犬派だから、どっちも飼う！　世話が大変かもしれんけどがんばる。大家族でにぎやかで楽しい家にするんだ！】

ふ、と唇から息がもれた。

「どうどう？　完璧な人生設計だろ？」

優海が自慢げに私の顔を覗き込んできた。きらきらと輝く瞳は、希望に満ちている。

私はひとつ呼吸をしてから、

「ぜんっぜん完璧じゃないし！」

と紙を突き返した。

「えぇーっ、なんでなんで、なにが足りない？」

「いやいや、なにが足りないっていうか、いちばん大事なこと書いてないじゃん。進路調査なんだから、なんの仕事に就きたいかがいちばん大事でしょ。なのに、『稼げる仕事』とかなんの具体性もないし」

「えぇ～……そうか、確かに……」

「絶対再提出になるよ。書き直し！　新しい紙もらってきなさいよ」

「はあ……」

優海はうなだれて力なくうなずいた。これで安心、と思ったのも束《つか》の間《ま》。

「でもでもでも！　凪沙との未来予想図としては完璧だろ！」

まだ食い下がってくるか、と私は肩をすくめた。

「いやー、こんな夢物語みたいな人生設計してるようなやつとじゃ、将来なんて考えらんないな」

「ええっ!?　じゃ、どうすればいい!?」

「まずはちゃんと勉強して、しっかりした会社に就職してもらわなきゃ。いつ仕事なくなるかわからないような状態じゃ、安心して結婚なんてできないもん。あ、もちろんブラック企業じゃないかどうか見極めて就職してよね。ちゃんとした会社で仕事してない人と将来なんて考えられない」

適度に笑いを浮かべながら、でも冗談とも本気ともつかないように、私は言った。

「マジかー、そりゃ大変だー」と嘆いて優海が顔を覆った。それを聞きつけて、周りの人たちがなんだなんだと集まってくる。

優海は「俺の将来設計！」と笑って彼らに紙を渡して、それから私に向き直った。

「俺は凪沙と結婚したい！　凪沙と幸せな家庭を築きたい！」

そんな恥ずかしい宣言にも、すでに慣れきっているクラスメイトたちはなにも反応せず、うひひと笑いながら優海の作文を読んでいる。

私は肩をすくめて首を振り、

「私との将来がどうとかより、自分の人生としてちゃんと考えなよね。優海の人生なんだから」

と少し強い言い方で告げた。

それから、今度は淡々《たんたん》とした口調を心がけて言う。

「結婚なんて何年も先のことなんだから、とりあえず後回しにして。優海が自分のためにどんな仕事をしてどんなふうに生きていきたいか、自分のこととして考えなきゃだめだよ。私抜きで、ね」

私の言葉に、優海はしばらく眉根を寄せてじっとこちらを見てから、ゆっくりと口を開いた。

「俺の人生は凪沙がいないと成り立たないから、凪沙抜きで将来を考えるとか、ない。無理。俺の人生は凪沙込みで考えるしかない」

意外にも平静で真剣な表情で答えられて、私は言葉を呑《の》み込んだ。

「……あっそ」

そう返すのが精一杯だった。

ふたりの間に微妙な空気が流れた瞬間、今までみんなと顔を寄せ合って優海のプリントを読んでいた真梨がこちらを見た。

「すてきな人生設計だね。ほんと、ラブラブだねぇ」

ほんわかした笑顔で言われて、私も表情を忘れていた顔に笑みを浮かべた。

「すてきかねえ？　恥ずかしいよ、私は」

「そう？　うらやましいけどなあ。ふたりが将来夫婦になっても今みたいに仲よしなの想像できるもん」

いつもの私なら、『優海みたいな能天気なやつと夫婦とか考えられない』とか、『ぜんぜん仲よしじゃないし』とか、きっと下手な照れ隠しの憎まれ口を叩いていただろう。でも今日は、うまく言葉を出すことができない。

「うん……」

とあいまいな返事だけをして、私は弁当を箸でつつくことしかできなかった。

五時間目は化学の授業なので、私は真梨と一緒に化学室へと向かった。数メートル先の廊下を、優海と黒田くんが歩いている。

階段の下にさしかかった時、ふざけて黒田くんに体当たりした優海が、はずみでバランスを崩した。タイミングの悪いことに、向こうから女子がひとりやって来る。

「優海、前！　危ない、ぶつかる！」

思わず声をかけると、優海は持ち前の反射神経を発揮してなんとか体勢を戻した。

「……っぶねー」

がばっと顔を上げた優海は、ぶつかりそうになった女子に慌てて声をかける。

「ごめんっ！　びびったよな？　ごめんな！　怪我とかしてねえ？」

手を合わせて必死に謝る優海に、その子は「大丈夫、大丈夫」と答えて両手と首を振る。

「ぶつかってないし、怪我なんてしないよ」

「でもびっくりしただろ？　心臓に悪いよな、ごめんな」

「ううん、気にしないで」

安心させるように笑うその子は、隣のクラスの女の子だ。小柄で華奢《きゃしゃ》な身体つきで、綺麗なストレートの黒髪に、真っ白な肌とピンク色の唇をした、可愛いと評判の子。

優海と向かい合って話す彼女の、その色白の頬がほんのりと赤くなっているように見えるのは、きっと私の気のせいなんかじゃないはずだ。

「あっ、そうだ！」

突然声を上げた優海が、ポケットの中をさぐって飴玉の包みを取り出した。

「お詫びにこれあげる、よかったら食べて」

彼女は「え……」と戸惑ったような表情で、それでも両方の手のひらを出して優海の手から飴玉を受け取った。

「もらっちゃっていいの？」

「いいよいいよ、てか俺が悪かったんだし。ほんとごめんな。じゃ！」

優海は最後にもう一度手を合わせて軽く頭を下げてから、化学室のある三階へ向かって階段をのぼり始めた。その背中を、彼女は飴を胸に抱いたままじっと見送っている。やっぱり、少し頬を赤らめたまま。

思わず立ち止まって見ていると、ふいに彼女がこちらを向いて、はっとしたように口に手を当てた。それから、私に向かってぴょこんと会釈《えしゃく》をして、ぱたぱたと自分の教室のほうへ駆けていく。つやのある長い髪が、動きに合わせてさらさらと揺れていた。

「……凪沙？　大丈夫？」

隣から声をかけられて、はっと我に返った。

「ごめん、ちょっとぼーっとしてた」

「うん、なんか、……あれだね」

真梨はあいまいに言葉を濁したけれど、言いたいことはわかった。

「まあね。優海っておバカのくせになぜかモテるんだよね、昔から」

私は『気にしてないから気を遣わないで』と伝えるためにあっけらかんと言う。

「単細胞バカだけど人当たりだけはいいからねー」

「うん、そうだよね。明るいし話しやすいし」

「まあ、それだけが取り柄だからね」

中学の頃も、優海が実は何回も告白されていたことを知っている。

それ以外にも、誰々ちゃんが優海のこと好きらしいよ、という噂を女子たちから何度も聞かされた。いちいち言わなくていいよ、と内心呆れたものだ。彼女である私にわざわざ彼氏のことを好きな人がいると聞かせるなんて、性格が悪い。

　でももしかしたらそれは、ただの妬《ねた》みだったのかもしれない。優海は中学の頃から隠すことなく私のことが大好きだと公言していたから、よくも悪くも私たちは目立っていたのだ。そうすることで私が女子たちから白い目で見られることもあるなんて、彼には想像すらできないのだろう。人を羨《うらや》んだり妬んだりすることのない優海だからこそ、そういう複雑な女心がわからないのだ。

　まあ、そこが優海のいいところでもあるんだけど。

「凪沙ー？」

　突然上から声が降ってきて目を上げると、階段の上から優海が見下ろしている。

「どしたん？」

「え？　なにが？」

「いや、後ろ見たら来てないから心配になって」

「あー……うん」

　うまく言葉を返せずにいると、「なんかあった？　大丈夫？」と優海が階段を降りてきた。最近こういうこと訊《き》かれてばっかだな、と思いつつ、優海を手で制止して階段をのぼる。

「なんでもない。っていうか、さっきのなに？　ほんと危なかったじゃん、もう！」

　怒った口調で言って話題を変える。優海は「それな」と頭をかいた。

「すーぐふざけて周り見えなくなるんだから。気をつけなよ？」

「はい、以後気をつけます！」

敬礼ポーズをして背筋をのばす彼に、「そういうとこ！」と突っ込みながら隣に並んだ。一緒に階段をのぼりながら、「ところでさ」と声をかける。

「さっきの女の子、知り合い？」

「へ？」

「あ、いや、なんか会話の感じが初対面っぽくなかったから」

「あー。あの子新体操部でさ、部活の時、体育館でたまに隣になるから、挨拶は何回かしたことある」

「へー……すごい可愛い子だよね」

「そうだなー」

自分で同意を求めておいて、さらりと肯定した優海の言葉に、胸の奥のほうが嫌な感じで軋《きし》んだ。

でも、そのすぐ後には、

「凪沙がいちばん可愛いけどな！」

と屈託のない満面の笑みが返ってきた。

「それは盛りすぎだわ……」

私は苦笑いを浮かべて肩をすくめた。

たいして可愛くもない私のことを、優海は事あるごとに可愛いだの綺麗だのと言ってくる。恋は盲目、あばたもえくぼ、とはよく言ったものだ。

まあ、かく言う私も、優海ほど素直で優しい人間はなかなかいない、とか思っちゃってるわけだけど。

まったく、恋愛フィルターっておそろしい。

放課後、私は借りていた本を返却するため、図書室に向かっていた。

その途中、ある教室を通りかかった時、中から話し声が聞こえてきた。何気なく目を向けると、さっき優海とぶつかりかけた女の子が、友達とふたりで向き合って話をしているところだった。

思わず足を止めて、中を覗き込んでしまう。

彼女はどうやら、友達の相談にのっているらしかった。あまり大きな声ではないので内容は聞こえないけれど、友達の話にこくこくとうなずいたり、相槌《あいづち》を打ったりしている。その様子から、とても誠実な人柄なのだと伝わってきた。

私はそっと足を踏み出して、その場から離れた。

彼女はいつ見かけても笑顔だし、いつもたくさんの友達に囲まれている。みんなから可愛いと言われているけれど、それを鼻にかけているようなところもないし、悪い話は聞いたことがなかった。私みたいにひねくれていたり天《あま》の邪鬼《じゃく》だったりしない、素直で優しい子なんだろう。

明るくてまっすぐな優海には、彼女のような女の子のほうが合っているように思える。彼は私なんかと付き合っているよりも、ああいう子が彼女になったほうがずっと楽しくて幸せになれるかもしれない。

そう思って、ふたりが並んでいる姿を想像してみた。でも、途端に胸が痛くなり、思い描いた映像をかき消す。

ごめん、優海。やっぱり無理だ。もう少し、時間が欲しい。

帰宅してから、私は夕食の片付けもそこそこに、早々に自分の部屋に戻った。

仰向《あおむ》けになって天井のチョコレートの染みを見つめていると、あの日の優海の顔が浮かんできた。おばあちゃんに叱られていた時の泣き顔と、その後、同じように泣いていた私の手を握ってくれた時の笑顔。

ゆっくりと瞬きをしてから、目を閉じて両手で顔を覆う。

気持ちを抑えて自分を律するというのは、とても難しい。でも、やらなきゃいけないんだ、と自分に言い聞かせる。

寝返りを打つと、畳の上に置いた宝箱が目に入った。この前から、寝ている時にいつでも手にとれるように、布団を敷いた時に枕元になる場所に置いてある。

寝転んだまま手を伸ばして箱をつかむ。引き寄せて蓋を開けると、幼い頃に砂浜で拾った貝殻のかたわれが、そっと息をひそめるようにそこにあった。

あまりにも薄くてもろくて、触れるのも怖いくらいだったけれど、透明のマニキュアを塗って補強したので、少しはましになった。

もともと空いていた小さな穴——ヒトデかなにかに食われた痕《あと》らしい——に金具を通して、金色の細いアクセサリーチェーンをつけたので、ネックレスとして使うこともできるようになった。もったいないから特別な日にしか使わないつもりだけれど。

透き通った淡い桜色をした壊れやすいそれを、そっと指先でつまみ、明かりに透かしてみる。優しい色の光に包まれたような心地がして、私はまた目を閉じた。

幸せを運んでくると言われる桜貝のかけら。その言い伝えが本当なら、これを拾った彼を、このかたわれを持っている彼を、幸せにしてくれないとおかしい。

だから、頼んだよ、と小さく儚いかけらを抱きしめて願いを込めた。


「なぎちゃん、なぎちゃん」

土曜日の朝。居間の食卓で課題を広げていたら、台所にいるおばあちゃんの私を呼ぶ声が聞こえてきた。

「なにー?」

立ち上がって台所を覗き込むと、おばあちゃんが調理台で鰹節《かつおぶし》を削りながら振り向いた。

「なぎちゃん、今、忙しいかねえ? 手が空いとったら、ちょっと手伝ってくれんね」

「ん、大丈夫だよ」

「ありがとねえ。じゃあ、煮干しをお願い」

「はーい」

おばあちゃんが指差した作業台の上には、山盛りの煮干しが置かれていた。私は椅子に腰かけ、煮干しをつまんで頭と腹をちぎりとっていく。いつもやっている手伝いなので、慣れたものだ。

遠くからかすかに波の音と海鳥の声が聞こえる優しい静寂の中、おばあちゃんが鰹節を削るごりごりという音が耳に心地いい。

午前中はよく光が入るので、照明はつけていない。少し薄暗い台所は、戸を開け放った勝手口から網戸を通り抜けた風が吹き込んできて、とても涼しい。どこからか蝉の鳴き声も聞こえてくる。

夏の休日の朝が、私は大好きだ。穏やかで、爽やかで、光に満ちている。

煮干しの頭と腹をとり終わった時、鰹節削りを終えたおばあちゃんがつわぶきの皮を剥《む》き始めたので、私も横に並んだ。

「なぎちゃんはいいよ」

「ううん、やるよ」

「爪が汚れてまうよ」

「気にしない、気にしない」

前までは、灰汁《あく》の強いつわぶきの皮を剥くと指先が黒くなるのが嫌で、手伝いを断っていた。何度洗っても爪の中の汚れがとれないから、友達に見られるのが恥ずかしかったのだ。おばあちゃんと暮らしているから古くさいことをしている、と思われるのが恥ずかしかった。

でも、今となってはそんな自分が恥ずかしい。おばあちゃんに育ててもらったことを恥ずかしいと思っていた自分こそが恥ずかしい。なんてバカで幼稚だったんだろう。

爪の先でつまむようにして、細く細く皮を剥いていく。昨晩から水につけていたつわぶきの皮は、それでもずいぶんと硬くて剥きにくい。でも、がんばって綺麗に剥いてしっかり灰汁抜きをすれば、しゃきしゃきと歯応えがあってとてもおいしいのだ。

「これ、どうするの？」

「半分は煮物にして、半分は油揚げと炒めようかね」

「いいねー、最高！　楽しみだなー」

おばあちゃんの作るつわぶきの炒め物は本当においしくて、近所でも有名なのだ。

「できたら優海くんにも持ってってやらんとね」

それを聞いて、ふと思いつく。

「……ねえ、おばあちゃん。私も一緒に作っていい？」

そう言うと、おばあちゃんがきょとんとした表情でこちらを見た。

「めずらしいねえ、どうしたの」

「いや、なにもないけど。なんとなく、作ってみようかなって」

「そうね。じゃあ、一緒に作ってみようね」

おばあちゃんはふわりと笑った。目じりに優しい笑い皺《じわ》がたくさん浮かぶ。

その表情を見て、孫と一緒に台所に立つのが嬉しいのだとわかった。それと同時に、今までそういうことをしてこなかった自分に気づいて、情けなくなる。

たくさん時間も機会もあったのに、下ごしらえの手伝いをすることはあっても、おばあちゃんに料理を教えてもらおうとか代わりに作ってあげようとか思わなかった、おばあちゃん不孝な自分を悔やんだ。

私はやりかけの課題を片付けて、おばあちゃんと一緒に昼食作りをした。

削りたての鰹節と昆布で出汁をとった、じゃがいもと玉ねぎの味噌汁。玉子焼き、煮干しの佃煮《つくだに》、さわらの西京《さいきょう》焼き、大根とイカの煮物、つわぶきと油揚げの炒め物、つわぶきの煮物。

「ちょっと作りすぎたかねえ」

作業台の上にずらりと並んだおかずたちを見て、おばあちゃんがおかしそうに笑った。

「張り切りすぎちゃったね」

私も笑いながら、ひとつひとつの皿を見ていく。

気がついたら、作り始めてから三時間近く経っていた。私に教えながらなので余計に時間がかかったとはいえ、ご飯を作るのはこんなに大変なことなのだ。今さらながらにそんな当たり前のことに気づいて、おばあちゃんに対する感謝の気持ちが湧き上がってきた。

「おばあちゃん、いつもご飯作ってくれてありがとね。朝も夜も、学校のお弁当まで」

おばあちゃんはまた目を丸くして私を見た。

「どうしたの、急に。なんだか今日のなぎちゃんはいつもと違うねえ」

どう答えたものかと迷った末、「私も大人になったってことよ」とおどけてみせた。

「じゃあ、優海に持っていく分、タッパーに詰めちゃうね」

私は戸棚から小さめのタッパーを五、六個取り出し、おかずをひとつずつ詰めて、味噌汁は二、三杯分を小鍋に移す。蓋を閉めると、おばあちゃんが風呂敷で綺麗に包んでくれた。

「じゃあ、行ってきまーす」

優海の暮らす家までは、普段は自転車を使っているけれど、差し入れを届ける時は料理が崩れたらいけないので歩きで行く。

風呂敷包みを提《さ》げてのんびりと歩いていると、海風がやわらかく当たって気持ちがいい。海岸に打ちつける波の音と、家々の庭木からしゃわしゃわと降り注ぐ蝉の声。

連絡をしていないから、突然やって来た私を見たら優海はきっと驚いた顔をして、それから嬉しそうに笑うだろう。その笑顔を想像すると、自然と足取りが軽くなった。

優海の家が見えてきた。築四十年を越える日本家屋《にほんかおく》。古いけれど、建物は大きく庭も広くて、このあたりではいちばん立派な家だ。

「おーい、優海ー。ご飯持ってきたよー」

いつものように玄関を素通りして庭に入り、縁側《えんがわ》から中に声をかける。木々が生い茂るこの庭では、蝉の声がひときわ大きい。

優海だけでは手入れが追いついていないので、雑草が生えて鬱蒼《うっそう》とした印象だ。またそのうち草むしりをしなきゃいけないな、と思いながら、もう一度「優海」と呼ぶ。

するとばたばたと慌ただしい足音が聞こえてきた。

「えーっ、なになに、凪沙？　びっくりしたー」

声と同時に、奥の間から満面の笑みの優海が顔を出す。

「ごめんね、急に。優海が部活に行く前に渡さなきゃと思って」

包みを差し出すと、優海が中身を見て「わあ」と声を上げた。

「タエさんの飯だー、やったあ！」

「ちょっといつもより多いんだけど」

「全然いいよ、ってか嬉しい！　これなら明日まで食うもん困らないな」

「ちゃんと冷蔵庫入れとくんだよ、傷んじゃうから」

「うん。ちょうど昼飯にしようと思ってたし、さっそく食おうかな。あ、凪沙上がってよ、麦茶くらいしかないけど」

「じゃあ、お言葉に甘えて」

お邪魔します、と言いながら、庭から縁側に上がって茶の間に入る。

うちと同じように年季の入った食卓。畳の上に無造作に置かれた一枚だけの座布団。殺風景《さっぷうけい》な廊下と、その先にある薄暗い部屋たち。

優海の家は、静かだ。ひとり暮らしだから当たり前なのだけれど、それを差し引いても、どうしようもなく静かで寂しい感じがする。その寂しさを少しでもかき消したくて、暇さえあれば遊びに来ているけれど、染みついた暗さと沈黙は容易には振り払えなかった。

優海が台所でグラスに氷を注ぐ音がする。私は「奥にいるね」と声をかけて、廊下に出て仏間に入った。

黒と金の立派な仏壇《ぶつだん》。供えられた花と食べ物。そして、写真立てに入った三枚の写真。

――優海の家族だ。

明るい笑顔のお父さんと、優しい笑顔のお母さん、そして人懐っこい笑顔の弟、広海くん。みんな優海に似ている。もう、この世にはいないけれど。

両親と子どもがいるという〝普通の家族〟には恵まれなかった私が、家庭のぬくもりを求めてここを訪ねてくると、いつもにこにことあたたかい笑顔で迎え入れてくれた。私は彼らが大好きだった。

ろうそくに火を灯し、線香の先に火をつけて、香炉《こうろ》に立てる。撥《ばち》を手にとってお鈴《りん》を鳴らし、手を合わせて、目を閉じる。

どうか、安らかにお眠りください。どうか、優海を守ってあげてください。

今までよりもずっと真剣に祈りを捧げた。

家の中は、優海ひとりでは手が回らずに片付いていなかったり、埃《ほこり》がたまっている場所もあったりするけれど、この仏間と仏壇だけはいつもとても綺麗にしてある。そこに優海の家族への思いが表れている気がして、どこか切なくも感じた。

彼らが亡くなってしまってからも、優海は変わらず明るく元気な笑顔を絶やさなかったけれど、寂しくないわけがない。だから私もおばあちゃんも、近所のみんなも、優海のことはいつも気にかけていたし、事あるごとに差し入れをしたり様子を訊ねたりしていた。

それでも、本当の家族にかなうわけはないのだけれど。

「おーい、凪沙？　大丈夫かー？」

その声に、私は我に返った。いつもより戻りが遅いから心配しているらしい。

「んー、大丈夫！　すぐ行くー」

ろうそくの火を消して立ち上がり、居間に向かう。食卓には山盛りのご飯とおかず、そしてふたつの麦茶が置かれていた。

「お茶ありがと」

「んー」

並べられた料理を見て、首をかしげる。

「あれ、味噌汁は？」

「腹減ってたから今からあったためるの待ちきれなくて……また夜飲むわ」

「しょうがないなあ、じゃあ私あったためてくるよ。優海は食べてて」

「えっ、ありがとー！」

台所に入って味噌汁の小鍋を火にかけながら、居間をちらりと振り返る。「いただきます」と丁寧に手を合わせて頭を下げてから、広い部屋の真ん中でひとり食事を取る優海の背中を見ていると、見慣れた光景なのになんだかひどく寂しくなる。

「……ねえ、優海」

「ん？」

「私も一緒に食べていい？」

優海が驚いたように振り向いた。

「えっ？　一緒に食べてくれんの？」

「おばあちゃん、今日は友達に会いに行ってご飯食べてくるって言ってたから、私もどうせ家でひとり飯の予定だったし」

「マジで⁉　嬉しい嬉しい、食おうぜ！」

喜びを隠さない優海を見ていると、こちらまで口元が緩んでしまう。

味噌汁をお椀についで居間に持っていくと、優海が私のために箸と取り皿を用意してくれていた。

「ありがと。じゃ、いただきます」

「いただきまーす！」

優海がぱんっと手を合わせて言った。

「優海はもう食べてるじゃん」と突っ込んだら、「今のは味噌汁ついでくれた凪沙に言ったの！」と返されて笑ってしまった。

優海はおいしいおいしいと何度も繰り返しながら、ぱくぱくと料理を口に運んでいく。すごい勢いだ。

小さい頃は食べる量は私とほとんど変わらなかったのに、中学の後半あたりから優海はものすごく食べるようになった。ご飯は山盛り二杯、部活のあとは三杯食べることもあるし、おかずもふたり分くらいならぺろりと平らげてしまう。痩せているし背もそれほど高いほうではないのに、その身体のどこに入っていくのかと不思議に思うほどだ。

幼い頃から一緒にいて、どこに行くにもなにをするにも一緒で、まるで自分の分身みたいに思っていたのに、やっぱり違う生き物なんだなあとしみじみ思う。

「やっぱりタエさんの煮物はうまいなあ、最高！　味噌汁もうまいよな、落ち着く味っていうか」

「うん。私もおばあちゃんの料理、大好き」

「だよなー。凪沙はタエさんがばあちゃんで幸せだな」

うん、と微笑みながら、視線は自然と玉子焼きに向いてしまう。

まだ箸がつけられていない。優海は玉子が大好物で、好きなものはとっておくタイプだから、たぶん最後に食べるつもりなのだろう。

それでも、気になって落ち着かない。今日の玉子焼きは、もちろんおばあちゃんに教えてもらいながらだけれど、私がひとりで作ったものだった。

「……ねえ、優海」

「ん？」

「玉子焼きも、おいしい？」

急にこんなこと言ったら流れ的に不自然かな、と不安になったけれど、優海は気にした様子もなくひょいと箸先でひとつつまみ、ぱくっと食いついた。

「んんっ、うまい！　なんかいつもとちょっと違うけど、甘くてうまい！」

その言葉を聞いた瞬間、自分でも驚くほど大きく胸が高鳴った。

嬉しい。自分が作ったものをおいしいと言ってもらえるのって、こんなに嬉しいんだ。こんな喜びは今まで知らなかった。

優海はおいしそうに目を細めながら玉子焼きをもうひとつ頬張った。そんな姿を見ると、抑えようもなく頬が緩んでしまう。

でも、私が作ったのだということは、あえて言わない。優海が初めて私の手料理を食べたということは、彼は知らなくてもいい。知らないほうがいいのだ。だって、私が彼のために普段はしない料理をしたなんて知ったら、きっと大喜びしてしまうから。

だから私だけが知っていて、おいしいと言ってもらえたことをひそかに喜んでいればいい。

「よかったね」

なにも言えない代わりに、私はそのひとことだけをつぶやいた。なにも知らない優海は屈託のない笑顔で「おう」と笑った。

それからしばらくは、お互いになにも言わず、口と手を黙々と動かしていた。

夏の真昼の陽射しに包まれた居間、光に浮かび上がる畳の目、ゆるい風を送りながらゆっくりと首を振る扇風機《せんぷうき》、かすかに聞こえる波の音、食卓をはさんで向かい合うふたり。

食事に夢中になっていた優海が、ふと思いついたように顔を上げた。

「なんかさあ、凪沙」

「ん？」

「将来結婚したら、こんなふうなんだろうなーって今思った」

そう言って、にへっと顔を崩して笑う。その顔を見ると、どう返せばいいかわから

なくなって、

「……私と結婚するかどうかなんて、まだわかんないじゃん」

とひねくれた答えを返した。その瞬間、優海が絶望的な表情になる。

「えっえっえっ、なんで⁉ 凪沙、俺と結婚してくんないの⁉」

がーん、という効果音が顔に書いてありそうな慌てぶりに、くすりと笑みをもらしてしまった。

「あ、あれか！ この前言ってた、ちゃんとした仕事してないと将来なんて考えられないってやつ⁉ 俺がんばるからさあ、見捨てないでー」

今にも泣きそうな顔で優海が言うので、私は「バーカ」と苦笑した。

「結婚しないなんて言ってないじゃん。まだわかんないって言っただけでしょ」

「あっ、そういうこと？ じゃあ、結婚してくれるつもりってことだな⁉」

「今のところは、ね」

「はーっ、よかったー!!」

ふうっと安堵《あんど》のため息をついて、優海は笑顔に戻った。私も笑う。

でも、顔では笑いながらも、私の心の中では、『今のところは』と言った自分の言葉がぐるぐると暴れまわっていた。

込み上げてきたものを呑み込み、ねえ、と優海に声をかける。ん、と彼は目を上げた。

「写真撮ろっか、記念に」

「記念？」

「そ。夫婦みたいに食事した記念、みたいな」

自分で言って恥ずかしくなってきたけれど、優海はにっこり笑って「いいなそれ」とうなずいた。

食卓と自分たちが写るように位置を調整して、スマホのインカメラで撮影した。すぐにアルバムを開いて写真を確かめる。

「ん。いい感じに撮れた」

「そっか、よかった」

「ありがとね。さ、食べよっか」

「おう！」

優海が食事を再開する。ご飯をかき込んで茶碗を下ろした時、その唇の横に米粒がついていることに気づいた。

「あ、優海、ご飯粒ついてるよ」

「ん？」と優海が目を上げる。

「ほんと子どもみたい」

呆れたように言ってやると、優海が情けない顔になる。

「もう高校生だよー」

「はいはい。早く取りなよ」

「ん。どこ?」

「ここ」と自分の頬を指して教えたけれど、「ここ?」と首をかしげる優海の指は、うまくその場所に辿り着かない。しょうがないなあ、と腰を上げて、前のめりになって米粒を取ってあげた。

「ありがと凪沙! へへ、今のもなんか夫婦っぽいなー」

「夫婦ってより、母親と幼稚園児だよ」

「ええーっ」

「あはは」

笑顔で向かい合いながら、ご飯を食べる。明るい部屋、頬を撫でるそよ風。

心地よさと少しの切なさに、私は目を細めた。

優海を部活の午後練習へと送り出してから、私はひとり彼の家に残って昼食の片付けを始めた。優海は申し訳ないから放っておいていいと言っていたけれど、これくらいのことはなんでもないし、むしろ私がしてあげたいのだ。

食器を重ねて台所に入ると、ゴミ箱の中はコンビニ弁当の空き容器でいっぱいになっていた。

ここから自転車で十分ほどの場所にあるコンビニが、このあたりで唯一の深夜営業の店で、それが優海の食生活を支えていると言っても過言ではない。部活が終わってからの遅い時間でも食べ物を買えるのは、そこくらいしかないのだ。

近所の人たちも心配して料理を届けたりしてくれているけれど、それだって毎日というわけにはいかないし、あまりやりすぎると優海が遠慮してしまう。

とはいえ、コンビニ弁当ばかりでは味気ないし栄養のバランスも偏《かたよ》るだろう。優海は好きな唐揚げとハンバーグの弁当ばかり買ってしまうから。

もっと早く、彼に料理を作ってあげれば喜ばれるし身体の心配もしなくていいということに気づけばよかった。例えば中学生のうちに料理を覚えていれば、これまでにたくさん作ってあげられたはずなのに。

食器を洗おうとシンクの前に立つと、コップや小皿などの洗い物がたまっていた。ここ数日は部活で遅くまで個人練習をしていたと言っていたから、帰ったらすぐに寝てしまったのだろう。洗面所を覗くと、洗濯物もかごにあふれそうになっていた。私は洗濯機を回すと、台所に戻って食器もすべて洗った。

黙々と手を動かしながら、優海のためにできることがたくさんあったはずなのに、なにも気づかずなにもしてあげられずにいた過去の自分をうらめしく思った。

洗い物が終わったところで、トイレを借りようと廊下に出た。見ると、端に埃がたまっている。いつから掃除をしていないんだろう。

掃除機をかけながら、優海に言ったほうがいいだろうかと頭を悩ませる。彼を鍛えると決めたからには、勉強だけでなく生活面もちゃんとしてほしいので、洗い物も洗濯も掃除もしっかりしなさい、と言ったほうがいい。

でも、言われなくても優海ががんばっていることは私がいちばんわかっている。そりゃあ少しだらしないところはあるけれど、今は学校と部活でいっぱいいっぱいで家のことなどかまっている余裕がないのだ。とはいえ、こんなに荒れた家でバランスの悪い食生活を続けるのは心配だ。でも、あんまり口うるさく言うのもかわいそうだし……と考えが行き来する。

高校生の男の子がひとりで家事を完璧にこなすなんて、無理に決まっている。私だって家のことは掃除をするくらいで、あとはおばあちゃんに頼りきりなので偉そうなことなんて言えない。でも、優海はこれからもひとりで生活していかないといけないのだから、やるしかないのだ。

とりあえず、最低限食生活にだけは気をつけるように言おう。おばあちゃんの料理を届けたり、私も料理を覚えて作ってあげたり、できるところまではするつもりだけれど、あとは優海が自覚をもって気をつけていかないといけない。自分の身体なんだから、自分で管理しないといけないのだ。

　掃除や洗濯については、これからしばらくは私も手伝えるから、『将来のために一緒に家事の練習をしよう』などと言って、ふたりで家事をしながら習慣づけていこう。きっと優海は、私の提案ならすぐに受け入れてくれるはずだ。そうやって騙し騙しでもいいから、家のことも少しずつできるようになってもらうのだ。

　掃除機を物置にしまって、洗濯物を干してから居間に戻る。家から持ってきたタッパーを風呂敷に包みながら、私はぼんやりと横に置いてある飾り棚を見た。そこには、たくさんの写真立てが置かれている。

　幼稚園のおゆうぎ会、小学二年生の運動会、温泉旅行、遊園地、水族館……。いろんな場面のいろんな写真。

　中でもいちばん大きくていちばん目立つところに置かれているのは、三島家の前で撮影された家族写真だ。

　まだ小学生だった頃の優海と、ご両親と広海くん、そしてその中に当たり前のようにまじっている私。優海は満面の笑みでピースサインをして、反対の手はしっかりと私の手を握っている。私は少しだけ照れくさそうな表情で小首をかしげている。

　まだなにも知らなかった私。数年後に優海が家族を失うことになるなんて、このあたたかい人たちがこの世からいなくなってしまうなんて、これっぽっちも思っていなかった私。

写真立てを手にとり、胸に抱きしめる。

優海の大切な家族は、いなくなってしまった。彼はひとりきりで生きていかなくてはいけない。

目を上げると、神棚《かみだな》があった。炊きたての白いご飯が盛られている。優海は今でもちゃんと毎日お供えをしているらしい。

神様は、どうして優海の家族を奪ったんだろう。

中学の頃に優海と交わした会話を思い出す。

龍神様の石に手を合わせる彼の背中に向かって、『神様なんかいないよ』と私は言った。

『神様なんかいるわけない。ちょっと考えればわかるでしょ』

優海の身に起こったことを思えば、彼が置かれた境遇《きょうぐう》を考えれば、神様なんて嘘だというのはわかりきったことだと思った。

でも、優海はあっけらかんと笑って答えた。

『そんなことないよ。神様はいるよ』

私は肩をすくめて、いるわけないじゃん、と言った。

『それか、もし本当に神様がいるとしたら、めちゃくちゃ性格悪いやつだよ。人間を苦しめることに楽しみを見出だすようなやばいタイプのやつだよ、きっと。信じるに値しないようなやつだよ』

断言した私に優海は『ほんと凪沙は毒舌《どくぜつ》だなあ』と言って、おかしそうに笑った。

その軽さが歯がゆくて、私は問い詰めるように言葉をぶつけた。

『ねえ、どうして優海は神様を信じられるの？』

優海はきょとんと目を見開いてから、当然のことのように答えた。

『信じる者は救われるって、父ちゃんが言ってたから。人生には悪いことも起こるかもしれないけど、信じてたらきっといつかはいいことがあるから、腐っちゃだめだって。だから、俺は神様を信じる』

きっぱりとした答えだった。その時の一点の曇りもない笑顔を、私は今も忘れられない。

ねえ、神様、と神棚に向かって心の中で語りかける。

神様なんかいないって思ってたけど、今なら、いるって信じてあげてもいい。

だから、証明してよ。神様はちゃんと人を幸せにできるって。神様を信じる人は救ってあげられるって。

優海はあなたのことをずっとずっと信じてるんだよ。どんなひどい目に遭ったって、信じてきたんだよ。だから、もうこれ以上、優海にひどいことしないで。優海の大切なものを奪うのは、これで終わりにして。

優海を幸せにしてあげてよ。お願いだから……。

涙を流しながら、私は生まれて初めて、本気で神様に祈った。

優海の家を出て自分の家に戻る途中、海沿いの道を歩いている時、なんとなくまっすぐ帰る気になれなくて、港のほうに行ってみた。

堤防を歩いていると、釣りをしている人が何人かいた。

私には釣りの趣味はないのでよくわからないけれど、このあたりではよく魚が釣れるらしく、平日の夜や休日になると、釣竿を持った人たちがどこからか続々と集まってくる。けっこう有名な釣り場としてインターネットなどでも紹介されているようで、わざわざ遠方から来る人も多いらしい。

沖のほうへまっすぐ伸びる堤防の真ん中あたりに腰かけて海を見ていると、波立っていた心が少しずつ凪いできた。

今日の海は穏やかだ。空を映した深い群青の水はゆったりと揺れ、音を立てながら絶え間なく打ち寄せる波は白く弾ける。潮風が全身を撫でていく。

小さな漁船がいくつか、さざ波を立てながら沖を行く。海鳥が空を切るように飛び、時折海面に飛び込んで、嘴《くちばし》に魚をくわえて飛び出してくる。

遠くの水平線あたりには、大きなタンカーが浮かんでいた。止まっているように見えるけれど、近くで見たら本当はすごいスピードで進んでいるのだろう。私たちの時間と同じように。

視線を上げて、入道雲の湧き上がる空をぼんやりと眺めていると、背後からばたばたと足音が聞こえてきた。それから、きゃっきゃと楽しそうな笑い声。

振り向くと、幼稚園くらいの男の子がふたり、追いかけっこをしながらこちらへ向かってきていた。たぶん兄弟だろう。年の差はちょうど優海と広海くんくらいか。

ふたりは堤防のぎりぎりを、足元も見ずに駆けていく。その危うさに、ぞっと背筋が寒くなる。

親はどこにいるのだろうかと首をめぐらせると、父親らしき人物がずいぶん離れたところで釣り糸を垂らしていた。こちらは見ていない。子どもの海遊びの危険さを認識していないらしいその姿を見て、かっと身体が熱くなった。

今までにも、釣り人が連れてきた幼い子どもが海辺で危険な遊びをしているのを何度も見てきた。そのたびに危ないとは思っていたけれど、だからといって見知らぬ子どもに危ないよと声をかけるのも、親に気をつけるように言うのも、なかなか難しい。

でも、〝前〟に彼らが走り回るのを見た時に、勇気を出して声をかけておけばよかった。そうしたら、こんなことにはならなかっただろうに……。

そんな、どうしようもないことを考えていたら、また気分が落ち込んできた。一度目を閉じて、ゆっくりとまぶたを上げる。

広い広い海。高い高い空。美しい景色だ。

ふうっと大きく息を吐いて、両頬を思いきり叩いて気合いを入れる。

こんなところでぼんやりしていたって始まらない。どうにもならないことはたくさんあるけれど、どうにかできることも確かにあるのだ。

さあ行こう、と自分を励まして、私は立ち上がった。

第四章　瞳の奥

「はい、じゃあ、テスト範囲配るぞー」

朝のホームルームで、来週から始まる一学期の期末テストの範囲表が配られた。みんなが一斉にプリントに目を落とし、「英文法範囲広すぎ！」「日本史やべー」などと口々に話し始める。

「はあ～、とうとうテストかあ」

ホームルームが終わった後、優海が机に突っ伏してうなだれた。

「部活は明日から休みになっちゃうし、勉強しなきゃなんねーし、最悪だ～」

私はその頭をぽこんと叩き、「甘えるな！」と叱咤《しった》する。

「その大好きな部活を夏休みに思う存分楽しむために、勉強がんばんなきゃいけないんでしょ」

優海が「だよな」と顔を上げた。

「赤点とったら補習で部活行けないし、夏の大会も出してもらえないし、それこそ地獄だー」

「そうそう。地獄に落ちないために、せいぜいがんばんなさいよ」

へーい、と優海は返事をしたけれど、その気の抜けっぷりに不安が募《つの》る。

「……ねえ、優海。今日、数Ⅱの予習課題あったよね？　ちょっと見せて」

「えっ、なんで？」

「理解度の確認」

数Ⅱは他のクラスよりも進度が早くて、もう試験範囲の授業が終わったので、テストに向けての復習が始まっていた。今日はその初回で、範囲全体を網羅《もうら》した問題が並んだプリントが課題になっているのだ。

このプリントの出来を見れば、優海が今どれくらいテスト範囲を理解できているのかわかる、と思ったのだけれど。

「えー……」

明らかに気の進まなそうな彼の顔を見て、ぴんとくる。

「……まーた宿題忘れたの？」

手帳を買って以来、いつもズボンのポケットに入れて持ち歩いていて、すぐにメモしていたから、忘れ物はしなくなっていたのに。眉根を寄せてにらみつけると、優海は「違う違う」と首を横に振った。

「忘れてはないんだけどー……」

彼は情けない表情で課題を私に差し出した。それを見た瞬間、私は彼が躊躇う理由を理解した。

「……ぜんっぜんできてないじゃん！」

そこには、ほぼ白紙状態の解答欄が並んでいた。たまに二行ほど式が書いてある問題もあるけれど、解答まで辿り着いているものはひとつもない。これは重症だ。

「どうすんの？　あと一週間でこんな状態じゃ、本当に赤点だよ！　昨日の英語の確認テストも三十点しかとれてなかったよね？　本当どうすんの!?」

一気にまくし立てると、優海はしゅんと肩を落とした。

「だよなー……やばいよな、自覚はあるよ」

「自覚あったって対策とってなきゃ意味ないんだよ」

「うん……」

成績がよくないことはわかっていたけれど、まさかこんな状態とは。優海はいつも言われたことはちゃんとやるから、試験勉強にもちゃんと取り組んでいるものだと思っていたのに。中学まではテスト前の一夜漬けや受験直前の追い込みでなんとかなったけれど、さすがに高校の内容は難しくて無理だったか、とため息をついた。

「しょうがない。明日から毎日勉強会するよ！」

そう言った瞬間、優海の顔がぱっと輝いた。

「えっ、凪沙が教えてくれんの!?」

「こうなったら背に腹は代えられない。今回は特別に教えてあげる」

自慢じゃないけれど、私はけっこう成績がいい。中学では常に学年で十位以内には入っていたし、前回の中間テストでも学年で七位だった。まあ、二クラスしかないけれど。

　別に頭がいいわけではなくて、帰宅部だし無趣味だし、勉強くらいしか取り柄がないから、せめてそれくらいはがんばろうと決めているだけだ。

　だからか、友達から勉強を教えてほしいと頼まれることは多くて、なるべく引き受けていたけれど、優海にはあまり教えないようにしていた。

　他の友達と違って、優海は幼馴染で家も近くて、しかも付き合っているから、どうしてもべったりになってしまう。だから、私が教えるようになると頼りきりになって、自分で勉強しなくなるんじゃないかと思っていたのだ。

　でも、今回だけは特別。彼が赤点のせいで試合に出られず悔し泣きする姿なんても う見たくないから、こうなったらとことん付き合ってやろう。

「やったー、凪沙に教えてもらえる！　ありがと凪沙先生！　これで全教科合格点確実だぜ！」

　ガッツポーズをしながら叫ぶ優海に、呆れ顔で返す。

「さすがにそこまで優秀な家庭教師じゃないよ……」

「いや、凪沙に教えてもらえるなら俺のやる気が百倍になるから、絶対成績アップするもんな！」

　また、けろっとそんなこと言って。調子いいんだから。ほんと恥ずかしいやつ。

とは思うものの、私と同じ高校に行きたい一心で猛勉強して、偏差値を三十近く上げてみせた優海なら、軽々とやってしまうのかもしれない。

勉強嫌いで成績は悪いけれど、頭の回転は遅いわけではないし、なにより素直だから本気を出せばなんでもするすると吸収してしまうのだ。

「じゃあ明日から本気でがんばろうね！」

「了解です凪沙先生！　よっしゃ、やるぞー！」

腕を突き上げながら叫ぶ彼を苦笑しながら見ていたら、真梨に声をかけられた。

「ねえねえ、凪沙。私もちょっとだけ勉強教えてほしいな。化学でわからないところあって」

「ん、いいよ。じゃあ、今日の放課後とかどう？」

「うん、うちの部活今日から試験休みだから。よろしく！」

「オッケー」とうなずくと、真梨は「ありがと」とにっこり笑った。

放課後、私たちは約束どおり勉強をするために教室に残っていた。

「よし、始めよっか」

「うん、よろしくお願いします、凪沙先生！」

「真梨まで先生はやめて……」

「あはは」

おかしそうに笑う真梨にわざと冷たい視線を送りつつ、まずは全体把握のために教科書の基本問題を解いていくことにする。

「範囲どこまでだっけ？」

真梨に訊ねられて、私は記憶を頼りに答える。

「三十二ページまでだよ」

「わあ、凪沙覚えてるの？　さっすがー」

「いや、たまたまね。けっこう範囲広いよね」

「ほんと、大変だよー」

しばらく各自で問題を解いていると、なかなかペンの進まない真梨が、がばっと机に突っ伏した。

「はー、やっぱり苦手だなあ化学……わからない問題ばっかり。赤点とったらどうしよう」

真梨は眉間に皺を寄せて難しい表情をしている。文系が得意な彼女にとって化学は鬼門《きもん》らしい。

「でも真梨、数学はそんなにだめじゃないでしょ？　計算はできるってことだから、コツさえつかめばなんとかなるよ」

「そうかなあ？」

「そうそう。化学式の計算の基本的な考え方はね……」

説明を始めようとした時、廊下から足音が聞こえてきて、化学の担当の先生がプリントを持って入ってきた。

「勉強の邪魔してごめんな、ちょっと入るよ」

なんだろう、と見ていると、先生はプリントを掲示板に貼り始めた。

「いやー、申し訳ないんだけど、進みの遅れてるクラスがあって、範囲が少し狭くなったんだ」

「あ、そうなんですね」

「また明日、授業でも告知するけど」

真梨が嬉しそうに笑いながら「やったね、狭くなるって」と私に耳打ちして、立ち上がる。

「ちょうど今、化学の勉強してたんです。凪沙に教えてもらいながら」

「そうか、ちょうどよかったな」

うんうん、とうなずいてから、先生は教室を出ていった。真梨は黒板の横まで歩いていき、掲示されたプリントを見る。

「何ページまでになったのかな？　……って、あれ？」

首をかしげる真梨を見てどきりとする。彼女は目を丸くして振り向いて、私に言った。

「ねえ、凪沙。新しい範囲、三十二ページまでってなってるよ」

「えっ……」

私は慌てて今朝配られた範囲表を見る。そこには確かに、【化学教科書三十四ページまで】とはっきり書かれていた。それなのに、私はさっき真梨に『三十二ページまで』と、新しくなった範囲と同じページ数を答えてしまったのだ。

しまった、と内心で舌打ちしてから、笑みを浮かべて真梨を見る。

「ごめーん、私の記憶違いだったみたい。三十四って書いてあった」

「あ、そっか、ならよかった。ていうか、範囲縮まってよかったねー」

なにも疑ってはいない様子の真梨にほっとしながら、私は「うん、ほんとにね」とうなずき返した。

それから心の中で、危なかった、とため息をつく。こういう小さいところでも、油断は禁物《きんもつ》だ。気を引き締めろ私、とぺちぺち頬を叩いていると、真梨が「気合い入ってるねえ凪沙」と笑った。

勉強を終えた後、だらだらとおしゃべりをしていたら意外と遅くなってしまった。

真梨と別れてから、せっかくなら優海と一緒に帰ろうと思い立って、体育館に向かうことにする。

本館から体育館につながる渡り廊下を歩いていると、体育館の床を走るバッシュの摩擦《まさつ》音と、ボールの弾む音が聞こえてきた。バスケの音だなあ、と思う。

小学生の時もよく練習終わりの優海を迎えに行っていた。あの頃彼は少年野球に夢中だったので、グラウンドに近づくと野球少年たちのかけ声や、バットでボールを打つ音、グローブでボールをキャッチする音が聞こえてきていた。

家の事情で辞めざるを得なくなってしまったけれど、優海は正直、今でも野球が大好きだと思う。よくテレビで野球中継を見ているし、高校でもグラウンドに行ってにこにこしながら黒田くんのいる野球部の練習を見ていることがある。たまに試合の応援にも行っているらしい。

好きだった野球を辞めることになったのに、新しく始めたバスケをちゃんと好きになって、心から楽しそうに練習に励んでいる優海は偉いと思う。

バスケを始めたばかりの時、一度彼に訊ねたことがあった。

『本当に野球辞めちゃっていいの？　バスケでいいの？』

すると、優海は笑顔で答えた。

『野球はもちろん大好きだけど、バスケはバスケでめちゃくちゃ楽しいよ。野球と違ってずっと走りっぱなしだし点数がバンバン入るから、ジェットコースターみたいなんだ。それに、シュートが決まった時の嬉しさと言ったらもう！』

暗さや悲しさを少しも感じさせない、すべてを呑み込んで前を向いている彼の強さに心を打たれたのを、今でも覚えている。勝手に悲しんで怒って負の感情に支配されていた私も、なんだかバカらしくなってしまって、優海を見習って新しい世界を見ようと決意した。

我ながら気が強くて、怒りっぽくて人を許せなくて、すぐに暗い感情の海に沈んでしまう私は、今までどれほど、彼の明るさと大らかさに助けられてきたことだろう。

体育館の中には部員以外は入りにくいので、重い鉄の扉が開け放たれた出入り口から中を覗き込む。

今日は他の部活がもうテスト休みに入っているようで、男女のバスケ部しかいなかった。今は女子が休憩中で、男子バスケ部がオールコートを使っている。

コートの中を見た瞬間に、優海の姿を発見する。彼は水を得た魚みたいな生き生きとした表情で、全身で跳ねるように動き回っていた。今はゲーム中らしく、五人ずつのチームで対戦している。

うちの高校のバスケ部はそれほど人数が多くないので、三年生が春の大会で引退した後、優海は一年生ながらレギュラーに入ることができていた。バスケを始めたのは中二からだけれど、同じバスケ部の林くんいわく、かなりうまいらしい。

そういえば中学の時もすぐにレギュラーに入っていた。もともと運動神経がいいのもあるし、元気がよくてムードメーカーになるという評価のおかげもあったらしい。

「取れる、行け行け！」

「ナイスカットー！」

「戻れー！」

「走れ走れっ、遅い！」

「パスパスパス！」

大声で叫びながら汗だくになって走り回る部員たち。私の生活では考えられない活気のある練習風景に、元気だなあ、この暑い中よくやるねえ、と年寄りみたいなことを思う。

「優海っ！」

かけ声と共に、先輩から優海に向かってパスが投げられた。優海は「はいっ！」と答えて、ゴールの方向に全速力で走りながら両手を構える。しかし、大柄な先輩が立ちはだかり、パスをカットしようと手を伸ばす。

けれどその瞬間、優海は全身のバネを使って大きく跳ねた。先輩よりも頭ひとつ飛び出すくらい高いジャンプだった。

優海は先輩を出し抜く形で、まだ空中の高いところにあるボールを素早くつかむ。

「ナイスキャーッチ！」

仲間から一斉に拍手と歓声が沸いた。

普段はとぼけたやつだけど、運動をしている時だけはまあかっこいいな、といつも思う。同時に、優海が妙にモテるのもわかる気がした。おバカな面を見ずに、スポーツで活躍しているところだけ見たら、かっこいいと思われるのもうなずける。

「優海、そのまま行け！」

すぐにドリブルをついて走り出した優海に指示が飛ぶ。

次々に迫ってくるディフェンスを目にも留まらぬ速さですり抜けた彼は、ボールをのせた右手をまっすぐにゴールへ伸ばし、綺麗なフォームのレイアップシュートを決めた。

「ナイッシュー！」

仲間たちが優海に駆け寄り、肩を抱いたり頭をくしゃくしゃに撫でたりしている。優海が可愛がられていることに、私はこっそり安堵を覚えた。

ゲームが終わると、私は彼らから見えない位置に移動して様子をうかがう。するとそのまま練習は終わりになって、解散の挨拶の声が体育館に響いた。

一緒に帰ろうと誘うため、優海を呼ぼうと身を乗り出す。

でも、解散してすぐにボールを持ってシュート練習を始めた彼の姿を見て、私は動きを止めた。

「優海、今日も自主練して帰んの？」

汗を拭きながら更衣室《こういしつ》へ向かう林くんに声をかけられて、優海は「おう！」と振り向いた。

「今日フリースロー外しちゃったからさ、二十本連続で入るまで練習するわー」

「ひー、がんばるねえ。あんま無理すんなよ。じゃあな」

「ん、お疲れ！」

「おー、お先ー」

部員みんなが出ていった後、誰もいなくなった体育館でひとり練習を続ける優海。シュートを打ち、ボールを取りに走って、すぐに戻って次のシュートを打つ。

ボールを両手で掲げてまっすぐにゴールを見据える横顔を見ていると、帰ろうなんて言えるわけがなかった。もしも私が待っていることを知ったら、きっと優海は途中で練習を切り上げてしまうだろう。だから、今日はやっぱりひとりで帰ることにしようと決めた。

少し名残惜しい思いで彼の後ろ姿を見つめつつ、スマホを取り出す。スピーカーの部分を手のひらで押さえ、シャッター音が鳴らないようにして、ひたむきな背中を写真におさめた。

私は踵を返し、足音を忍ばせて体育館から離れる。駐輪場へと歩いている間にも、絶え間なくバッシュとシュートの音が聞こえていた。

がんばれ、と心の中で優海に向かって激励《げきれい》の声を飛ばす。

きっと夏の大会に出られるように、私が全力で勉強のサポートをするから、優海は全力でバスケをがんばって。本番で力を出し切れるように、少しも悔いが残らないように。

夢中でボールを追いかける優海のきらきらした姿を思い浮かべながら、祈るように思った。


「なーぎさ」

次の日、昼食時間。

お弁当を食べ終え、職員室に課題提出に行った真梨の帰りを待ちながら頬杖をついてぼんやり外を見ていると、上から声が降ってきた。

手を外して視線を上げると、満面の笑みの優海だった。

「なに？　優海」

「これ、やる」

どんっと机の上に置かれたのは、チョコレートのお菓子、しかも三箱。

「……なにこれ」

「プレゼント！　てか、勉強教えてくれるから、そのお礼」

にんまりと笑いながら優海が言った。

「あ、ありがとう」

お礼を言うと、彼は「さあ食え」とお菓子を突き出してきた。

「あー……」

実は、昨日いろいろと考え事をしていたせいか、夜からずっと食欲がなくてご飯もまともに食べられていなかった。だから、いくら優海がくれたものとはいえ、さすがにチョコレートは食べられそうにない。

「今はいいや」

という私の答えに、優海はひどく驚いた顔をした。

「えっ、なんで？」

「えーと、お腹空いてないから」

思いつきの言い訳でごまかした。夕食も朝食もあまり食べなかった私を心配するおばあちゃんには、少しお腹が痛いのだと嘘をついたのだけれど、優海にはそんなことは言えない。保健室だ救急車だと大騒ぎするのが目に見えているからだ。

「後で食べるね。ありがと、大事にとっとく」

そう言ってお菓子を鞄に片付けようとすると、優海がずいっと顔を近づけてきた。

「……おかしい」

「え？」

「おかしい！」

優海の瞳に、戸惑いを隠せない私の顔が映っている。

「だってこれ、凪沙の大好物のお菓子じゃん。いつもなら甘いものは別腹って言ってすぐ食べるのに、おかしいぞ」

きっぱりと断言されて、返答に困る。

しまった、説得力に欠ける理由だったか。確かに私はチョコレートが大好きで、どんなにお腹いっぱいでも、チョコレートならいくらでも食べられるのだ。

覗き込んでくる優海の表情は、真剣そのものだった。その瞳の奥に吸い込まれてしまいそうな気がして、私は目を背けた。

「……いやあ、実は、ダイエットしようかなと思ってて」

「はっ⁉」

咄嗟に適当な理由を口にすると、優海は今度は大げさに目を丸くしてのけぞった。

「なんだってー⁉　凪沙がダイエット⁉　今までそんなの言ったことないのに‼」

あまりにも優海が驚くので、私は今まで女磨きを怠《なま》けてだらだら過ごしてきた自分を恨んだ。

「……うるさいなあ。私だって体形くらい気にしてるよ。ほら、もうすぐ夏休みだしさあ、水着の季節じゃん、今年は痩せたいなと思って」

「えー⁉」

優海が、おかしいおかしいと繰り返す。本当に、こういう時ばっかり無駄に鋭いんだから。

「水着って……今までも普通に着てたじゃん！」

私たちは海の近くに住んでいるので、当然ながら水着で泳ぎに行くことはよくある。でも、鳥浦には人の集まる海水浴場などはなくて、いつも優海とふたりで泳ぐだけだったから、締まりのない水着姿を見られることを気にする相手もいなかったのだ。年頃の乙女らしく少しは気にするべきだったか、と今さら悔やんでも仕方がない。

しばらく首をひねっていた優海が、はっと気づいたように顔を上げた。

「まさか……まさかとは思うけど」

「え、な……なによ」

「他に好きな男がいるとか言わないよな⁉」

見当違いすぎる問いに、呆れて言葉も出ない。

「なに言ってんだか……バカらし」

「だって、そうでも考えなきゃ、急にダイエットとか言い出した理由がわかんないんだけど！　俺は今のままの凪沙がいちばん好きだし、痩せなきゃいけない理由わかんねーんだけど！」

「あーうるさいうるさい！」

「どこのどいつのために痩せようとしてるんだよ凪沙ー！」

本当に泣きそうな顔をしている優海の頭をぺしんと叩く。

「うるっさい！　ダイエットは誰かのためにするもんじゃないの、自分のためにするもんなの！　モテるためとか男のためとかじゃないから！」

また思いつきでそう言うと、いつの間にか話を聞いていたらしい周りの女子たちから拍手が上がった。

「凪沙かっこいー、名言！」

「そうだよねー、ダイエットは自分のためだよね」

「私もがんばろー」

図らずも尊敬の眼差しを向けられて微妙な気持ちになっていると、急にしゅんと肩を落とした優海から「ごめん」と謝られた。

「そうだよな、他の男のためだなんて決めつけたらだめだよな。ごめん」

優海は昔から、自分の非を認めたらすぐに謝る。ひねくれ者の私だけれど、その屈託のない素直さを向けられると、自分まで素直に謝り返してしまうのだ。

「……私こそごめん。せっかくもらったのに」

「や、それはいいんだけどさ。無理やり食うもんでもないし。あ、ダイエットしてんならお菓子なんか持ってないほうがいいよな、他のもんに変えるわ」

そう言って優海がお菓子を引き取ろうとしたので、慌てて取り返す。

「いや、いい、いい！　もらう、ちょうだい、ください！」

「えー、無理すんなよ」

「いいの、やっぱダイエットやめた！」

首をぶんぶん振りながらお菓子を抱きしめると、優海は「なんだそれ」と目を細めて笑った。

その笑顔を見るとぱっと光が射したような気がして、急に空腹を感じ始めた。昨日の夜からほとんど食べていないのだから、胃の中は空っぽのはずだ。

「やっぱ今から食べる。優海も一緒に食べよ」

私の言葉に、優海はとろけそうな笑みを浮かべた。

「おう、一緒に食おう！」

机を真ん中にして向かい合い、なんでもない話をしながらチョコレートを食べていると、優海が「もうすぐだなあ」と言った。

「ん？　期末テスト？」

「ちっげーよ！　夏休みだよ！」

「あー、そっちね」

「そうだよー、テストとか言うなよー。せっかくのデザートがまずくなる」

いじけた表情をする優海のとがった唇に、チョコレートのお菓子をぶすりと差し込む。

「いや、夏休みの前に期末テストのほうが大事でしょ、特に優海は」

「そうですけど！　でも夏休みじゃん！　心踊るじゃん！」

「はいはい」

「高校生の夏休みだぞ！　そんなん楽しむしかないだろー」

「そうだねえ、楽しめるといいねえ」

笑って答えたものの、胸に刺さった棘《とげ》がずきずき痛んで、存在を主張してくる。忘れるなよ、忘れるなよ、と言っているようで、顔が強張りそうなのを必死にこらえた。

「夏休みになったらさあ、普段より部活も早く終わるし、日曜は休みになるし、凪沙といっぱい出かけられるな」

「そうだね」

「どこ行く、どこ行く？　やっぱ海水浴とバーベキューは外せないよな。久しぶりに映画も行きたいな。あとキャンプとー、街デートとー、そんでカラオケだろー、花火大会だろー、それとー……」

指折り数えながら列挙《れっきょ》する優海に、「あはは、多いなー」と笑う。

「そんで、なんと言っても、夏祭り！」

どくん、と心臓が嫌な音を立てた。

優海が『夏祭り』と呼んだのは、鳥浦町の伝統的な祭り、『龍神祭』のことだ。毎年八月の盆休み前に行われる祭りで、鳥浦の夏の風物詩《ふうぶつし》になっている。守り神である龍神様に一年の感謝を伝え、今後も変わらぬ加護《かご》を祈願《きがん》する祭りだ。龍神様の石が祀られている祠で祈りを捧げてから、参加者全員が手作りの灯籠《とうろう》を提げて行列になり、町内を一周する。

優海は生まれた時から毎年参加しているというし、私も引っ越してきてからは毎年必ず優海と一緒に行っている。露店《ろてん》は五つほどしか出ないし、ほとんど地元の人しか来ないような小さな祭りだけれど、鳥浦の人にとっては大事な祭りだ。

でも最近は、町民ではない人たちもたくさん訪れるようになっている。三年前の祭りの後、ＳＮＳで【Ａ県Ｔ市鳥浦の祭り。この世のものではないような光景】という言葉とともに灯籠行列の写真が投稿されて、何万という人へ拡散されたのだ。

街灯もない真っ暗な海沿いの一本道を行く灯籠行列の淡いオレンジ色の明かりが幻想的で美しいと話題になり、急激に知名度が上がったらしい。去年も一昨年も、市外の人がたくさん写真を撮りに来ていた。田舎の小さな祭りなのに、なにが流行るかわからないものだなあと不思議に思ったのを覚えている。

「なあ、凪沙」

優海に呼ばれて、自分の考えに沈み込んでいた私は、はっと我に返った。

「え？　うん」

「夏休み、楽しみだな」

いつものように明るく笑いかけてくる、なにも知らない優海。

「いろんなとこ行こーな！」

そんな屈託のない言葉に、どうしても素直にうなずくことができなくて、

「……期末テストで全教科平均点以上取れたらね」

と悪態《あくたい》で返した。

「ええっ!?　無理無理無理、俺の中間の点数知ってるだろ!?　ハンデ高すぎ！」

「それを言うならハードルでしょ、バカ……」

「あっ、そっか、ハードルだハードル！　ハードル高すぎだよ！」

「あーあ、この調子じゃ平均点以上は無理そうだな。これは夏のお出かけは絶望的だ

「え〜、ぶ、でもぉ〜……」

優海が露骨《ろこつ》に落胆する。

「なに言ってんの、行かないとはひとことも言ってないでしょ。条件付けただけ。優海がそれクリアすればいいだけの話なんだから。ね、だから勉強がんばろ」

「それはそうだけど……カレカノなのにぃ……」

唇をとがらせていじける優海をくすくす笑いながら見ていたら、さっきまでの食欲のなさも暗い気持ちも、不思議とすっかり消えてしまっていた。

その日の放課後からさっそく、優海との勉強会を開始した。

毎日帰りのホームルームが終わったらすぐに図書室に直行して、閉校時間ぎりぎりまで勉強する。それからふたりで私の家に帰って、おばあちゃんが作ってくれたご飯を食べ、その後また部屋で午後十時まで勉強。なかなかのハードスケジュールだ。

毎日うちでご馳走《ちそう》になるなんて悪い、と優海は恐縮していたけれど、今回は赤点がかかっているから特別だと言い聞かせた。

「よし、これで今日の分の数学は終わりね」

テスト初日を二日後に控えた今日も、私たちは夕食を終えてすぐに教科書を開いていた。

「はい次、英文法いくよー」

数学の問題集がきりのいいところまで終わったので、私はすぐに英語の教科書を取り出した。すると優海が「えー」とうなだれる。

「もう頭が疲れて動かないよー、ちょっと休憩しようぜ凪沙ー」

「いやなに呑気なこと言ってんの。優海にはそんな余裕ないから」

優海は案の定、どの教科も危険な状態だった。もともと得意な化学はまだマシなものの、他の教科、特に文系科目はかなり危機的な状況。

「そんな腑《ふ》抜けたこと言ってると、ほんとに夏の大会出れなくなるよ。いいの？」

そう言って発破《はっぱ》をかけると、優海がしゃっきりと姿勢を正した。

「よくない！　がんばる！」

きっぱりと言い切って、彼は私にならって教科書を開いた。

「よし。じゃあ、まずここからここまで解いてみて」

「はい、凪沙先生！」

疲れきった顔をしていた割に、いざ解き始めると、優海はすらすらと空欄を埋めていった。いつの間にこんなに覚えたんだろう、と内心びっくりする。言ったら調子に乗りそうなので口には出さないけれど。

英語に限らず、優海は持ち前の集中力を発揮して猛烈《もうれつ》に勉強していて、どの教科もみるみるうちに理解度が上がっていた。さっきやっていた数学はほとんどの問題を自力で解けたし、つまずいた問題も自分で解き方を調べて正解に辿り着いたので、私はなにも教えることがなかったくらいだ。

勉強会を始めた頃は、中学で習ったような英単語もわからなかったりして、『記憶力どうなってるの⁉』とか、『ちゃんと復習しないからこうなるんだよ！』とか、ずいぶんひどく怒ってしまったのだけれど、がんばって言った甲斐《かい》があったというものだ。

そもそも、優海の火事場の馬鹿力は信じていたから、実はそれほど心配していなかったけれど。やる気になって集中さえしてくれれば、高校受験の時と同じように、なんとでもなると思っていた。

昨日、少しは褒めておこうかと思って、『ほら、やっぱりやればできるじゃん』と言ったら、彼が恥ずかしげもなく『凪沙が隣にいるからがんばれる』と答えたので、私のほうが恥ずかしくなってしまった。

「うっし、終わった！」

優海が声を上げ、私の前にノートを差し出した。

「二問わからんのあったー」

「二問だけ？　すごいじゃん、最初は全滅《ぜんめつ》だったのに」

「それは言わないでー」

情けない声に笑いながら解答を見てみると、書いてある問題はすべて正解だった。

「おー、本当すごいよ優海。一週間前とは別人みたい」

「へっへー」

「てか、これだけわかってるなら、残りの二問もできそうじゃない？　ちょっと考えてみなよ」

「んー」

おだててみると、優海はもう一度ペンを持ってプリントとにらめっこを始めた。しばらく考えて、「あっ」と思いついたようになにか書き出す。覗き込んでみると、正解だった。

「すごいすごい、合ってるよ。あと一問、がんばれ！」

おう、と言った優海が、ちらりと私を見て、少し笑って答えを書き込んだ。見ると、単語は合っているけれどつづりが間違っている。

「優海、スペル違うじゃん。簡単なやつなのに」

そう指摘すると、優海は「えー、そう？　しまった」と首をかしげたけれど、その様子に引っかかるものがあった。

眉根を寄せてじとりとにらみつけると、彼はにししと笑った。

「へへ、ばれた？　うん、わざとー」

「やっぱり！　だってこの単語、ちょっと前の授業で当たった時ちゃんと書けてたもん」

「さすが凪沙！　俺のことちゃんと見てくれてる」

「なに言ってんだか……」

呆れ顔でため息をつくと、優海は「ごめんごめん」と抱きついてきた。背中がふわりとぬくもりに包まれる。

「間違ったら凪沙に怒ってもらえるかなーと思って」

「なにそれ、怒られたいの？」

苦笑しながら問い返すと、優海が耳元でうなずいた。

「もちろん！　俺、凪沙に怒られるの好きー」

「はあ？　変なの、怒られて嬉しいわけ？」

「だって、凪沙は大事な人のためにしか怒らないだろ」

思いもよらない答えに、意表を突かれた私は瞬きをして優海を見た。彼は身を起こして、まっすぐに私を見つめる。


「……わざとでしょ」

「どうでもいいと思うやつには怒らないだろ。つまり、凪沙は俺のこと、怒ってやらなきゃいけない大事な存在って思ってるわけじゃん。だから嬉しいよ」

私は小さく吹き出した。

「どんだけポジティブシンキングなの」

「えへへ」

「いや、嫌味だから今の」

「えーそうなの?」

いかにも本気にとっていない様子で、優海はまた抱きついてくる。私はその背中を二回ぽんぽんと叩いてから、さっと身体を離した。

「はい、甘えタイム終わり。勉強再開するよ」

「はー、短い……儚い……」

悲しそうに言いながらも、優海はすぐにペンを持って、教科書に目を落とした。

少し前までは、気持ちを切り替えて勉強に戻るまでに時間がかかったのに、このところの猛勉強の間に、すぐにスイッチが入るようになってきている。

偉い偉い、さすがやればできる子。私は内心で拍手を送りながら、下を向いたまま黙々と手を動かす優海の写真をこっそり撮った。

もちろん音は鳴ったけれど、すっかり集中している優海はちらりとも顔を上げない。

この調子ならテストは大丈夫そうだな、と私は安堵のため息をついた。

テスト最終日、最後の科目の終わりを告げるチャイムが鳴ったと同時に優海が叫んだ。

「……終わったー!!」

「おいこら三島！　まだ答案集めてないんだから騒ぐな！」

試験監督《かんとく》の先生が苦笑いを浮かべながら言うと、優海は「すんませーん」と頭をかいた。その姿を見て、クラスのみんなが笑う。

「ほんっとバカなんだから……」

私は呆れ返ってぼやいたけれど、気持ちはわからないでもない。毎日嵐のようなテスト攻めを受けて、やっとのことで期末テストが終わったのだ。解放感から叫びたくなるのは優海だけではないだろう。

「で、どんな感じ、手ごたえは？」

先生が教室を出ると、私はすぐに優海の席に行って訊ねた。すると優海は、にんまりと笑って親指を立てた。

「たぶん大丈夫！　ほとんど全部書けた！」

「ほんと？　やったじゃん！」

「いっぱい教えてくれた凪沙のおかげだよ、本当ありがとな！」

そう言って優海が抱きついてきた。教室なのでそれを突き返しつつ、

「がんばったね、お疲れ様」

と彼の頭を撫でてやる。優海は心地よさそうに目を細めた。

「凪沙に褒められたー、やった！」

嬉しそうに言った後、少しいたずらっぽい顔をする。

「なああ、ご褒美のチューは？」

こそこそと耳打ちされて、今度はその頭をべしっと叩いてやった。

「バーカ。まだ結果もわからないのに、なに言ってんの」

「え！　じゃあ、結果がよかったらしてくれるってことか！」

「ポジティブバカ！」

ばしばしと優海の背中を叩き、私は席に戻って帰り支度を始めた。

今日まではテスト週間なので、学校は午前中で終わりだ。テストが終わったのは嬉しいけれど、早く帰れるのもこれで最後だと思うと少し名残惜しい。

それから、ひとつ思いついて、優海を振り返る。

「ねえ、優海。昼から部活でしょ？　何時から？」

「一時からだよ」

優海がこちらにやって来て答えた。

「それまでどうするの？」

「んー、コンビニに飯買いに行って、適当に時間つぶして部活行く」

「じゃあさ、ちょっと外出ようよ」

私の言葉に、優海の顔がぱっと輝く。

「えっ、なになに、お昼デート⁉」

「いちいちデートって言うな！　ただご飯一緒に食べようってだけだから」

「やったー‼」

優海は両手を上げて叫び、飛び跳ねるような足取りで荷物を取りに行った。

なんでこんな小さなことでいちいち大喜びできるのか、心底不思議だ。

優海の中では、嬉しいとか楽しいとか、そういう明るい感情が、永遠に涸《か》れることのない泉のように絶え間なく湧き出してきているんじゃないかと思う。だから、少しのことでもまるで長い日照りに恵みの雨が降ったかのように喜べるし、なんでもない日常の中でもいつも太陽みたいな笑顔でいられるのだろう。

水津高校の周りにはいくつか飲食店があって、どこも安くておいしい店なので高校生にも入りやすく、生徒たちはよく利用している。

でも、今日はとても天気がよくて空が綺麗だったので、外で食べたいね、という話になり、コンビニで昼食を買って近くの公園に行くことにした。

緑の葉をたくさん繁らせた大きな木の下に誰もいないベンチを見つけて、並んで腰かける。陽射しが強くて汗が止まらないほど暑かったけれど、湿気が少なくからりとしていたので、木陰に入ると一気に体感温度が下がった。

そよそよと吹く風が頭上の梢《こずえ》を揺らし、さらさらと涼し気な音を立てる。

「気持ちいいね」

「おう、外にしてよかったなー」

レジ袋を開いて買ったものを取り出す。優海は惣菜パン三個と炭酸飲料、私は菓子パン二個と甘いカフェオレ。

優海がペットボトルの蓋を開けると、プシュッ、と爽快な音が鳴った。私もカップにストローを刺す。隣から聞こえてくる、しゅわしゅわという炭酸の音が耳に心地よい。

テストの解答などを言い合いながらパンを頬張り、たまにストローを吸う。優海はものすごいスピードで次々にパンにかぶりつき、あっという間に三個を平らげた。

「ごちそうさま！　あー、うまかった」

満足げにお腹をさすっている彼に、私は小さく深呼吸をしてから声をかける。

「……ねえ、優海」

「ん？」

「アイス、食べない？」

私の言葉に、優海が目を丸くした。

「え、なに？　アイス食べたいの？」

優海はそう言って財布をつかみ、さっと立ち上がった。どうやらアイスを買いに行こうとしているらしい。私は慌てて彼の腕を引き、もう一度座らせた。

「違う違う、そうじゃなくて……はい、これ」

私は袋の中からコンビニで買ったアイスを取り出した。優海が好きな、ソーダ味のアイス。

「えっ！　うそ、買ってくれたの!?　俺に!?」

「まあ……テスト勉強がんばったから、ご褒美」

なんだか気恥ずかしくて、目を逸らしながらぼそぼそ答えると、「マジで!?　ありがと!!」と優海が腕を回してきた。

「もー……すぐ抱きつくんだから。いいから早く食べなって。溶けちゃうから」

私は肩をすくめてアイスの袋を優海に渡した。

冷凍のボトル飲料も買って一緒に入れておいたから少しはましなはずだけれど、この炎天下ではもう溶け始めているだろう。

「じゃ、お言葉に甘えて、いただきます！」

優海は袋のままアイスを半分に割った。彼が昔から好きなこのアイスは、棒が二本刺してあって真ん中に割れ目が入っており、ふたつに分けられるようになっているのだ。

優海は両手に持ったアイスを真剣な目つきで交互に見てから、

「はい、凪沙」

と言って、片方を私に差し出してきた。

「え？　いいよ、私は。優海に買ったんだから。全部食べていいよ」

「やだ。凪沙と一緒に食べたい！」

首を振る私に、それでも彼はアイスを渡そうと手を突き出してきて、頑として譲らない。

「しょうがないなあ……じゃあ、いただくね」

受け取ろうと手を伸ばしてよく見ると、私に差し出しているほうが大きい。

「ちょっと、優海に買ってあげたんだから、せめて大きいほう食べてよ」

そう言って、もう一本のほうに手を伸ばしたけれど、彼は渡すまいと手を高く上げてしまった。

「だめだめ。こっちのほうがおいしそうだから、凪沙にはこっち食べてほしいの！」

あまりにも強く言い張るので、私は「味は同じでしょ」とため息をつきつつも、大きいほうのアイスを受け取った。

優海はいつもこうだ。ふたりでなにかを分け合う時は必ず、いいほうを私にくれる。大きいほうのりんご、いちごが綺麗なほうのケーキ、私の好きな生クリームがたっぷり入っているほうのパフェ。ピザは具だくさんでおいしそうに焼けているほうだし、焼き魚は骨が少なくて食べやすそうなほう。

それは食べ物だけの話ではない。座る時は、クーラーの風が直に当たらないほう、ストーブが近くて暖かいほう、景色がよく見えるほうの席が私。歩く時は、必ず自分が車道側、小石やゴミで汚れている側、草や垣根《かきね》が飛び出している側。

横を見ると、優海がおいしそうにアイスを頬張っている。私はこっそりスマホを取り出して、その横顔を写真におさめた。

「ん？」

シャッター音に気づいて、優海がこちらを向いた。

「また写真」

とおかしそうに笑って、カメラに向かってピースする。

「もっと面白い顔してよ」

とリクエストすると、「えー？」と笑いつつも、アイスに思いきりかぶりつき、頬をぱんぱんに膨らませておどけてみせた。その顔がおかしくて、笑いすぎて手が震えないように気をつけながら撮影ボタンを押した。

「見して、見して」

優海が覗き込んできたので、アルバムを開いて今撮った写真を見せた。

「ははっ、やべー、変な顔！」

お腹を抱えて笑い転げる優海。

私は小さく笑って、彼に気づかれないようにそっと近づき、その頬に唇を寄せた。

優海は少し驚いたように頬を押さえて振り向き、ふふっと笑う。

「これもご褒美？」

「まあね」

「やべー、アイスとチューとか、超豪華じゃん！」

私は「バカ」と笑って、溶けかけのアイスを口に含む。爽やかなソーダの味が舌の上でとろけた。

「だってだって、凪沙からとか超レアだもん！　今日は嬉しくて寝れないかも！」

「バーカ。明日からフルで授業あるんだから、ちゃんと寝なきゃだめだよ」

「じゃあ、ちょっと気持ちを落ち着けるために……」

そう言った優海が、ふいに少し身をかがめて、私の唇にキスを落とした。

不意打ちに目を見張ると、彼はしてやったりというようににやりと笑う。私は怒った表情を作ってみせたけれど、次の瞬間、目を合わせてふたり同時に吹き出した。なんだか無性に楽しくて、笑いが止まらなかった。

声を上げて笑いながら空を仰ぐと、梢の向こうに明るい青が果てしなく広がっている。ふたり分の笑い声が、ソーダ水の泡のようにしゅわしゅわ弾けながら空へのぼっていくような気がした。


運命の期末テストの答案は、翌日の六時間目、ホームルームの時間に全教科同時に返却された。

「凪沙ー!」

答案用紙の束を渡されたと同時に、優海は私の席に飛んできた。

「……どうだった?」

どきどきしながら訊ねる。すると彼は、満面の笑みでずいっとピースサインを突き出してきた。

「全教科赤点回避《かいひ》ー!　イェーイ!!」

それを聞いた瞬間、自分でもびっくりするくらい嬉しくなった。

「マジで!?　やったね、がんばった！」

あまりの嬉しさに、思わず優海とハイタッチをする。こんなの私のキャラじゃないんだけど、嬉しいんだから仕方がない。

答案を見せてもらうと、特に苦手な古典と日本史はぎりぎりだけれど、その他の教科は余裕で合格点を超えている。

よかった。これで優海は夏休みの試合に出られる。私はそっと胸を撫でおろした。

ほっとしたのも束の間、優海の声を聞きつけたクラスメイトたちがわらわらと集まってきた。

「すげー優海、やったじゃん」

「がんばったな！」

「おめでとー！」

「あの状態からよくここまで来れたよなあ」

みんなから祝福を受けて、優海は「俺やればできる子だからー」とかから笑っている。

そのお気楽な様子に呆れた私は、ぺしんと優海の頭をはたいた。

「いって！」

「赤点がなかったくらいで喜びすぎ！　赤点とらないとか当たり前のことだから！」

目を丸くして振り向いた彼に怒った顔で言ってやると、へらりと笑みが返ってくる。

「だよなー」

「そうだよ。次は全教科平均点超えてやる、くらいの気概《きがい》を見せてよね」

「ん？　キガイ？　危ない害？」

「違う！　要は気合いってこと。二学期もちゃんと点数とらなきゃ、冬の大会出れないんでしょ？」

そう言うと、優海が途端にしゅんと肩を落とした。

「あーうん、そうなんだよな……」

「赤点ぎりぎり狙ってたら失敗するかもしれないんだから、次は計画的に早め早めに準備して、全科目平均点以上狙っていきなさい！」

「ラジャー！」

優海は敬礼ポーズをとってから、にっこり笑って私を見た。

「大丈夫だよ、俺には凪沙がついてるから！　次も教えてくれるだろ？」

どきりと心臓が跳ねた。それを必死に顔に出さないようにしながら、「甘えんな、バカ」と返す。

「次はもう教えてあげないよ。今回だけ特別」

えっ、と優海が目を見張った。その間抜け面に向かって冷ややかに告げる。

「今後は絶対に私は教えないから、優海が自力で乗り越えて。私が助けるのは今回が最後だから」

ええーっ、と優海は泣きそうな顔をした。

「なんでだよー」

「だって、いつまで経っても私が助けてあげるわけにはいかないでしょ。もう高校生なんだから、自立！　わかった？」

「……はーい」

あからさまに意気消沈《いきしょうちん》している優海を、あえて励ましたり慰めたりはしない。私は「じゃあね」とそっけなく告げて、彼のもとを離れた。

さっさと帰り支度をすませ、鞄を持って立ち上がる。見ると、優海は今度はバスケ部の仲間に囲まれて楽しそうに笑っていた。

きっと、みんなで赤点がなかったことを確認し合って喜んでいるのだ。

よかった、本当に。二週間がんばった甲斐があった。もう一度ほっと胸を撫でおろす。

教室を出て廊下を歩きながら、終わったな、と思った。

期末テストは終わった。目標のひとつにしていたものが、とうとう終わった。

時間は着実に流れているのだ。

そうして、『運命の日』がやって来る。まだまだ先だと思っていたけれど、きっと、気がついたらその日が来ているのだろう。

どんどん過ぎていくからこそ、与えられた時間を無駄にはしたくない。

もうすぐだ。あと少し。もう決めたことなんだから、絶対やらなきゃ。

私は足早に駐輪場に向かいながら、何度も自分に言い聞かせた。

第五章　星の数

「とうとう来たな、夏休みが！　補習のない夏休みが！」

終業式が終わった瞬間、優海が太陽よりも明るい満面の笑みで駆け寄ってきた。

「浮かれすぎて暑い、うざい」

と一刀両断《いっとうりょうだん》して押しのけたものの、そんなことでめげるようなやつではない。

「凪沙とどこ行こう、凪沙となにしよう」

音符マークでもつきそうな浮かれた調子で言うので、釘を刺しておくことにする。

「その前に大会でしょ、遊ぶ暇あったら部活がんばりなよ」

「それはもちろんがんばるさー。その後凪沙とデート三昧するんだー」

「勝手に決めんなバカ」

バスケの大会は一週間後の予定だった。それまでは毎日、午前中は体育館で練習、午後は各自で個人練と、朝から晩までバスケ漬けの生活を送るらしい。

よくやるねえ、青春だね、と帰宅部の私としては感心してしまう。

私は部活も補習もないので、毎日おばあちゃんの手伝いをしたり、たまに真梨や中学時代の友達と遊びに行ったりして、のんびり過ごす予定だ。

「なあなあ凪沙ー、大会見に来ん？」

教室へと向かう途中、隣の優海が言った。

「……行こうかな」

少し考えて答えると、優海が驚いたように目を見張った。

「えっ、マジで⁉」

「なんで自分から誘っといてびっくりしてんのよ」

「だって、凪沙いつも恥ずかしいとか言って来たがらないじゃん！　頼み込んでやっと来てくれるのに」

確かに今までの私はそうだった。

彼氏の試合を応援しに行くなんてベタすぎて恥ずかしいし、優海がシュートを決めたりすると周りから冷やかされて照れくさいし、進んで『行く』とは言いづらかったのだ。

でも、優海がバスケをする姿を見るのは好きだし、応援に行きたいのは当然だ。ただ素直に言えなかっただけで。

「まあ、高校入って初めての大きな試合だしね。行くよ」

「マジかー、やった！　凪沙が来てくれるならめちゃくちゃがんばっちゃうぜ！　ナイスプレー連発確実だなー！」

「またそんな調子のいいこと言って」

「本当だもーん」

そんなやりとりをしていたら、後ろから「相変わらずラブラブだねえ」と聞こえた。

見ると、真梨が私の横を通り抜けながら、「ベストカップルはふたりで決まりだね」と声をかけていった。

ベストカップルというのは、二学期にある文化祭のイベント『水津高校ベストカップル賞』で一位に選ばれたカップルを指す呼び名だ。本当かどうかは知らないけれど、この賞をとったふたりはみんな将来的に結婚している、らしい。

「へへへ、ベストカップルだってー。どうする、参加しちゃう？　一位とれるかな？」

優海が嬉しそうに問いかけてくる。

「とれないし、参加しないよ」

きっぱりと答えると、優海は「えー」と嘆いたけれど、次の瞬間にはけろりと笑う。

「ま、いいや。凪沙そういう目立つの嫌いだもんな」

「よくわかってんじゃん」

肩をすくめて答えてから、話題を変えた。

「大会って何時からだったっけ？」

教室に入り、帰り支度をしながら優海が答える。

「俺たちの試合は十時からで、勝ち進んだら二試合目が二時から。勝ったら三試合目が次の日！」

「そっか。がんばってね」

「おう！　まあでも、二回戦でいきなり優勝候補に当たるからなあ。初日で終わっちゃうだろうけど」

「そうなんだ。運悪いね」

「でも、うまいとこと対戦できるのラッキーっちゃあラッキーだからな。どんなプレーすんのかなーとか、どんな作戦なのかなーとか、楽しみだよ」

相変わらず、バカがつくほど前向きだ。いつもなんでも悪いほうに考えがちな私からすると、ポジティブすぎてうらやましくなる。

「よっしゃー、行くぞ」

優海が準備を終えて立ち上がったので、私は「途中まで一緒に行く」と言って、彼の後ろについて教室を出た。

「ねえ……あのさ」

周囲に誰もいなくなったタイミングを見計らって声をかける。

ん？　と振り向いた顔を見た瞬間、心拍数が一気に上がった気がした。

やばい、柄にもなくどきどきする。緊張で喉が詰まりそうだ。

私はごくりと唾を飲み込んでから、ポケットの中を手探りして、あるものを取り出した。

「これあげる」

決心の鈍らないうちにと、握った手をずいっと突き出す。

「なに？　お菓子？」

と首をかしげる優海の頬に、黙って拳をぐりぐり押しつけると、「なんだよー」と笑って私の手をつかんだ。

「どれどれ、なにが出るかなー」

楽しげに言いながら私の手をとって指を開いた瞬間、優海が目を丸くしたまま硬直《こうちょく》した。沈黙に耐えられなくて、「びっくりしすぎ」と怒った口調で言ってみたけれど、頬が赤くなるのはどうしようもない。

「……えっ、えっ、え？　なにこれ、なんで？」

優海がやっと顔を上げて、唖然とした表情で私を見る。

「……ミサンガ。昨日作った」

答えた声は、やっぱりぶっきらぼうな、全然可愛くないものになってしまった。でも、これが私だから仕方がない。

「えー!!　うわー!!」

優海が突如すっとんきょうな声を上げた。誰もいない廊下に声が響く。

「ちょ、うるさ……」

「マジかー！　凪沙が俺にミサンガ作ってくれたー!!」

わざわざ言わんでいいバカ、と心の中で悪態をつく。あまりの恥ずかしさに腹が立つけれど、せっかくこんなに喜んでいるところに水を差すのもかわいそうなので我慢した。

「ミサンガってあれだよな、切れたら願いが叶うってやつ！」

「うん、そうだよ」

優海の手の中のミサンガを見つめながらうなずく。昨日の晩、急に思い立って編んでみたものだ。

小学生の頃、女子の間で広まり、好きな色の手芸糸を使って作ったものを友達同士で交換するのが流行っていた。中学になってからは、運動部の子たちは試合前などにおそろいのものを作って身につけているのをよく見かけた。

それを思い出して、せっかくだから優海に作ってあげようと思ったのだ。

優海をイメージして、赤と黄色とオレンジの三色を選んだ。久しぶりだったからやり方を忘れていた上に、なかなか綺麗に編めなくて何度もやり直したので、夜中の二時までかかってしまったけれど、なんとかうまくできたと思う。優海がずっと持っていても恥ずかしくないくらいには。

「マジか！　なあ、どんな願いかけてあんの？」

「優海が怪我とかしないで全力を出しきって、悔いなく試合を楽しめますようにっ

っちゃうから」

「自然に切れるまで、外したり切ったりしちゃだめだよ。そしたら願かけが無効にな
て」

「おー、いいな！」

「了解！」

「手、出して。つけてあげる」

「おう！　よろしく」

優海が満面の笑みを浮かべ、開いた右手を私の前に差し出してきた。

どうか願いが叶いますように、と祈りながら、私はまるでなにかの儀式のように丁寧に丁寧に、たくさんの思いを込めて、優海の手首に太陽色のミサンガを結びつけた。

「よし、完了」

「ありがと！　やっぱい、めっちゃ嬉しい！」

にへへ、と笑いながら優海が自分の手首のミサンガを愛おしそうに見つめた。

「すげーなあ。これつけてたら願い叶っちゃうとか！　お前そんな超能力もってんのか、やべーな」

感心したようにミサンガに話しかけるので、私は肩をすくめる。

「なに言ってんの。あげた私が言うのもなんだけど、ただの迷信でしょ」

優海が目をぱちりくりさせて私を見た。

「ったく、あんたはどうしてそう、なんでも本気で信じちゃうかなあ」

「えー、だって、信じる者は救われるからさあ」

言葉だけでなく、優海は本当に心から信じてしまうのだ。あまりにも純真無垢《じゅんしんむく》になんでも信じてしまうので、こっちが心配になってしまうくらいに。

「ひとつ、大事な忠告ね。そうやってなんでもかんでも疑わずに頭から信じちゃったら、いつか悪いやつに騙されちゃうよ」

私は真顔を作って、優海の目をまっすぐに見て言った。本気で言ってるんだよ、と伝わるように。

でも、優海はどこ吹く風で、「そうかもね」と笑っただけだった。

私は真剣に心配しているのに、困ったやつだ。騙されても知らないよバカ、と私は心の中で少し寂しく毒づいた。

ここぞとばかりに予定を詰めたせいもあり、夏休みの最初の一週間はあっという間に過ぎ去ってしまった。

今日は、バスケの大会の日だ。

「凪沙ー！　おはよう！」

まだ明け方の気配も残る早朝五時だというのに、相変わらず元気いっぱいの優海が、ぶんぶんと手を振りながらこちらへ走ってくる。

白いTシャツと膝丈のジャージに、大きなリュックを背負って、なんだか重そうな手提げ袋を持った上に、さらにバスケットボール三個が入ったバッグを肩からかけた、騒がしい格好だ。

「おはよ。荷物多いね、一個持つよ」

見かねて手を差し出すと、

「ありがと！　でも大丈夫、全然余裕だから」

とあっさり断られた。でも、さすがに見ていられなくて、手提げ袋を奪い取る。

腕が抜けるかと思うほどずっしりしていたので中身を覗いてみると、見たことがないほど大きい水筒と、私が使っているものの倍くらいはありそうな弁当箱が入っていた。

少しショックを受けたのを顔に出さないようにして呑み込み、声を上げる。

「なにこのでっかい水筒！　弁当箱も、でか！」

「二リットルの水筒だよ。これくらいないと夕方までもたないからさ」

それもそうか、と納得する。何時間も動き回ればそれはお腹が空くだろうし、この真夏に運動すれば汗だくですぐに喉はからからだろう。

優海は「しかも筋トレにもなる」とにこにこしながら、手提げ袋を私の手から奪い返した。

「そのお弁当は……どうしたの？」

「んー、自分で作ったやつと隣のおばちゃんが分けてくれたおかず、適当に詰めてきた」

並んで話しながら、近くのバス停に向かって歩く。

「へえ、料理してるんだ、偉いね」

「へへ。最近ちょっと料理楽しくなってきてさ、つってもまだ玉子焼きと目玉焼きとゆで玉子くらいだけど。あと具なしのオムレツ」

「玉子ばっかりじゃん！」

「はは、玉子好きだから」

私の突っ込みにもめげず、優海はからから笑う。

「けっこううまくできんだぞ！　今度凪沙にも食ってもらいたいなー」

「えー、なんか怖いな、優海の作ったご飯とか。塩と砂糖とか間違ってそう。醤油《しょうゆ》とソースとか」

「そんなん間違わないってー」

「ちゃんと手とか洗ってるか不安だし」

「わあ、ひでー、洗うよちゃんと！」

「ごめん、うそうそ。機会があったらご馳走してもらおうかな」

「やった！　食って食って」

ふざけてじゃれあいながら話しているうちに、バス停に着いた。

今日は、試合の前にバスに乗ってある場所へ行くため、まだひとけのない早朝に待ち合わせをしていた。

バスが来るまでにはまだ五分ほどあったので、ベンチに並んで腰を下ろす。潮風で錆《さ》びた金属製の脚が、ぎっと軋んだ。優海がバッシュの紐を結び始めたので、私は防波堤の向こうの海と空を眺める。

夜の名残のひんやりとした空気、肌に心地いい爽やかなそよ風、穏やかな海面とさざ波の音、清らかな朝の光、蝉の大合唱。思わず目を細めるほど、いい朝だ。

ぼんやりとしていたら、隣から視線を感じた。なに、と顔を向けると、優海がにんまり笑って言った。

「今日の格好、可愛いな」

突然の褒め言葉にびっくりしてしまい、すぐには反応できずに止まってしまった。

彼はそんな私に構わず、にこにこしながらこちらを見つめている。

「制服でも普段着でも凪沙はいつも可愛いけど、今日は特別可愛いなー」

「……はあ？　別に普通の服じゃん……むしろどっちかというと地味だと思うけど」

なんの変哲《へんてつ》もないオフホワイトのブラウスと、グレーのショートパンツ。黒いリュックを背負い、麻布のトートバッグを右手に持っている。たくさん歩く予定なので、足元は黒のスニーカーだ。

女子高生らしさなんてどこにも感じられない、モノトーンの地味なコーデ。色があるのは、首にかけた桜貝のネックレスだけ。こんな格好には、可愛いなんて言葉はまったく似合わない。

でも、華やかさのかけらもない服だけれど、ブラウスのふんわりとしたシルエットとか、ショートパンツのチェック模様と裾の広がりとか、去年の誕生日におばあちゃんに買ってもらったスニーカーとか、店で一目惚れしたリュックとか、自分としては気に入っているものばかりなので、褒められたのは嬉しかった。

「そう？　地味とか思わないけどな。シンプルで大人っぽくて落ち着いてて、凪沙にすごく似合ってるよ」

「……ありがと」

優海はどうしてこんな照れくさいことを平然と言えるんだろう、といつも不思議に思う。私には絶対真似できない。

照れ隠しに、スマホのカメラを起動して写真を撮った。優海の笑顔と、バス停の標識と、その向こうの青空と海。

「また撮った」と優海が笑う。

「凪沙、最近写真にはまってるの？　一眼レフだっけ、そういうちゃんとしたカメラとか始めてみたら？」

「別に写真とかカメラが好きなわけじゃないから、いい」

私はそっぽを向いてそっけなく答える。

「え、そうなの？　その割には最近よく写真撮ってるよな」

「なんとなく気が向いただけ。深い意味はないよ」

「ふうん？」

その時、小さくバイブ音が聞こえた。優海のスマホだ。部活関係の連絡がきたらしく、優海はぽちぽちとキーボードをタップして返事を書いている。

その間、私がまたぼんやりと海を眺めているうちに、向こうからエンジン音とともにバスがやって来た。

「優海、バス来たよ。乗ろう」

「おう」

始発のバスは、私たち以外にはスーツのおじさんがひとり乗っているだけだった。

いちばん後ろの席に並んで腰を下ろし、ぴったりと寄り添って手をつなぐ。

手と手が重なり合った瞬間、いつもの吸いつくような感覚をおぼえて、安心感に包まれる。

公共の場でこういうふうに密着していると、不愉快に思う人もいるというのはわかっているけれど、今は人が少ないから特別にオーケーということにする。

窓の外を流れる景色を見ながら、そういえば、と昔のことを思い出した。中一で優海と付き合い始めた時、私たちが手をつないで歩いているのを見た大人たちが、『三島のぼっちゃんがたぶらかされた』だとか、『さすが尻軽女の娘だね』だとか、陰でこそこそ話しているのが聞こえてきたこと。尻軽女、と呼ばれていたのは、私の母親だ。

私は五歳の時に母親に連れられて、父親の実家がある鳥浦にやってきた。父親はその少し前に病気で亡くなっていた。

ひとりで娘を育てるのが不安だったのか、それとも子どもが邪魔だったのか、夫の母であるおばあちゃんに私を預けると、母はそのまま姿を消した。

おばあちゃんは私に『そのうち帰ってくるよ』と言っていたけれど、噂好きの親戚《しんせき》のおじさんやおばさんたちが『男と逃げたんだってね』『そもそも大事なひとり息子をあんなろくでもない女と結婚させたのが間違いだった』とおばあちゃんに言っているのを私は何度も聞いていた。父親のことを『真面目で優しい男だったのに、あんな女に騙されて若死にしてかわいそうに』と話しているのも聞いた。

そういう噂が回るのは早くて、私は鳥浦のどこに行っても『男好きの母親に捨てられた哀れな娘』で、『日下の親無しっ子』と呼ばれているのをちゃんと知っていた。いくら幼くても、周りからどんな目で見られ、なにを言われているのかは、敏感に察知するものなのだ。

大人たちが私を白い目で見ていたからか、子どもたちもどこか私にはよそよそしかった。幼稚園でも誰も話しかけてくれないので私もふてくされてしまって、『友達なんかいらないもん』とつっぱって、いつもひとりで遊んでいた。

でも、同じクラスになった優海だけは、何度も何度も私に話しかけ、遊びに誘い、私が断ってもそっけなくしてもおかまいなしに強引に手を引っ張って、無理やり連れ回した。

そのうち意地を張って抵抗するのもバカらしくなって、私は普通に優海と遊ぶようになった。すると、他の子たちも徐々に仲よくなって、いつの間にかすっかり打ち解けていたのだ。

それでも大人たちはやっぱり私を色眼鏡で見てきて、ずっと居心地の悪さを感じていた。そんな中で、優海の両親だけは私を普通の子として扱ってくれた。笑顔で挨拶してくれ、遊びに行けばおやつを出してくれ、いたずらをしたら叱られた。

憐《あわ》れまれるのにも陰口を叩かれるのにも疲れていた私には、おばあちゃんの家以外では、優海の家だけが安心できる場所だった。おばあちゃんは当時、突然やって来た私を養《やしな》うために朝から晩まで働いていて、家にひとりでいるのが嫌だった私は、図々しいほど優海の家に入り浸っていた。

優海の家族が大好きだった。見知らぬ土地に突然ひとり置いていかれて、不安に押し潰されそうだった私は、優しいおばあちゃんとあたたかい優海の家族のおかげで、なんとかグレることもなく育つことができたのだと思う。

そうやって私は少しずつ鳥浦に馴染んでいった。でも、一部の大人はいつまで経っても変わらなかった。そして、私が優海と付き合うようになったのを知って、小さい頃からみんなに愛されていた彼が悪い女に騙されている、という目で見てきたのだ。

優海まで悪く言われているような気がしてとても嫌で、人前では必要以上に近づいたりしたくないと私は彼に訴えた。でも優海は、

『別に悪いことしてるわけじゃないんだから、凪沙が遠慮することない。堂々としてればいいんだよ』

と、なんでもないことのように笑い飛ばしてくれた。

それ以来、優海は誰が見ていようと私の名前を大声で呼び、隙あらば手をつなぎ、ふざけて抱きつくようになった。それは実は、優海自身が私のことを好きなのだとア

ピールしてみせることで、私が口さがないことを言われないように予防線を張ってくれていたのだ。そのことを、呆れ顔や嫌がる素振りをしてみせながらも、私はずっと前から知っていた。優海はいつでも優しくて、私を最優先にしてくれるのだ。

しばらくすると私たちのことを悪く言う声はほとんど聞こえなくなり、今では鳥浦でも公認のカップルと言われるようになった。全部、優海のおかげだと思う。


バス停を三つ過ぎたところで降車ボタンを押した。

私たちが降り立ったのは、『霊園前《れいえんまえ》』というバス停。大きなお寺に付属する霊園が、目の前に広がっていた。

「あ、お供えするお花は？　もしかして忘れてきた？」

急に思いついて訊ねると、優海が曲がり角の向こうを指差す。

「あっちに花屋さんあるんだ。いつもそこで買ってる」

「そうなんだ。でも、こんなに早くから開いてるかな」

優海が示した方向を見ながら言うと、優海が大きくうなずいた。

「前来た時に、六時だったけど空いてたから、大丈夫だと思う」

優海の言葉どおり、生花店のシャッターはすでに上がっていた。

最近のいわゆるフラワーショップとは似ても似つかない昭和の雰囲気が漂うお店だ

けれど、青いポリバケツに生けられたたくさんの花たちはみんな生き生きしていて瑞々《みずみず》しく、大切にされているんだなとわかった。

「おはようございまーす」

「あら、いらっしゃい、優海くん」

優海が挨拶をしながら店内に足を踏み入れると、奥のレジ台に座っていたおばさんが微笑んで立ち上がった。どうやら優海はここでも可愛がられているらしい。さすがの人懐っこさだ。

「今日もお墓参り？　いつも偉いわねえ」

「うん、今日試合だから。困った時の神頼みってやつ。いや、家族頼みか？」

「ふふふ、優海くんのことなら、ご両親も弟さんも一生懸命応援してくださるでしょ。きっと勝てるわよ、自信持ってがんばって」

「おー、ありがとおばちゃん！　あ、いつもの感じでお花よろしく」

「はいはい、お任せください。今日もちょっとおまけしちゃうからね」

「わー、ありがとう！」

「いえいえ、こちらこそ」

にこにこしながら店内の花を見渡したおばさんが、私に気づいて目を丸くする。

「あら！　あらあら……もしかして優海くんの？」

しまった気づかれた、と恥ずかしさと気まずさに固まった私をよそに、優海のほうはいつもの笑顔で、「うん！」と大きくうなずいた。

「そう、俺の彼女！　凪沙っていうんだー、可愛い名前でしょ」

「あらあら、まあまあ」

「優しくて賢くてしっかり者で美人で可愛くて、最高の彼女なんだー」

「まあ、仲よしなのねえ」

「えへへ、それほどでもー」

でれでれと呑気に頭をかく優海のおしりを軽く叩いて、私はおばさんにぺこりと頭を下げた。

「初めまして、日下凪沙といいます。いつも優海がお世話になってます」

「あらまあ、ご丁寧に。うちのほうこそ、いつも優海くんにお花買ってもらって助かってるのよ」

「そうですか……優海によくしていただいて、ありがとうございます」

また頭を下げると、おばさんが優しく微笑んで私の肩を撫でた。

「こんなしっかりしたお嬢さんと付き合ってるなら、ご家族も安心ね」

おばさんは微笑んで優海を見た。私は返答に困って、軽く頭だけをもう一度下げた。

「あ、今から試合って言ってたわね。早くしなきゃね。さて、なんの花にしようかしらねえ……」

おばさんが店内を回りながら花を選び始める。その背後で、私と優海はこっそりと目を合わせて笑い合った。『ご家族も安心』という言葉が、なんとなく嬉しかった。

新聞紙で包まれた花を受け取り、代金を払って店を出た。

外はすっかり夜の気配を失い、もう真昼のような明るさだ。寺のすぐ裏手は緑の深い山になっていて、あたりは蝉の声に包まれている。

霊園に入ると、視界の端から端まで墓石で覆い尽くされた。

無数に立ち並んだお墓を見て、こんなにたくさんの人が亡くなったのか、と妙な感慨《かん》《がい》に包まれた。実際に死が自分の身に降りかかったり身近な人を失ったりした時には、あんなにも苦しくて悲しくてつらいのに、こういう景色を見ると、人の死は実にありふれたものに思えるのだから不思議だ。

水場のところで桶に水を汲み、目的の場所へ向かった。

【三島家之墓】。ここに来たのは二度目だ。優海の家族のお葬式の後に行われた、納骨《のう》《こつ》の儀式の時以来。

この冷たい石の中に、あのあたたかくて優しい人たちの骨が納められているのだと思うと、悲しくてやるせなくて、どうしても来る気になれなかった。

でも、いつまでもそんな甘えたことは言っていられないので、今日は試合の前にお参りをするという優海についてくることにしたのだ。

「父ちゃん、母ちゃん、広海、久しぶり。なあ、今日は凪沙が来てくれたよ。嬉しいだろ」

優海は墓石に向かって、まるでまだそこに彼らが生きているかのような屈託のない笑顔で語りかけた。

「知ってると思うけど、凪沙と俺、付き合ってるんだー。俺にはもったいないくらいできた彼女だけど、絶っ対に凪沙のこと大事にするから、いいよな?」

優海が墓石に柄杓《ひしゃく》で水をかけ、汚れを洗い流しながら楽しそうに話している。居間で家族とおしゃべりするのとなにも変わらない様子で。

「今日はさ、これからバスケの大会なんだ。期末テストがやばくてさ、もしかしたら赤点とって試合に出れないかもしれなかったんだけど、凪沙に活入れられて勉強教えてもらったおかげで、なんとか点数取れて、スタメンで出してもらえることになったよ。ほんと凪沙すげーだろ。俺の恩人! 自慢の彼女なんだー。しかもほら、見てこれ! ミサンガ! 凪沙が作ってくれたの! やベーだろ、こんなん超嬉しくね⁉」

私は優海の話を聞きながら、花瓶に入っていた古い花を取り除き、水を排水溝《はいすいこう》に捨て、軽くすすいで新しい花を生ける。それから線香に火をつけて、おばあちゃんが作ってくれたおはぎと一緒にお供えした。

優海と並んで手を合わせて、しばらく言葉もなく目を閉じていた。優海はどんなことを祈っているんだろう、と思いながら。

まぶたを開けて隣を見ると、ひとり祈り続ける優海の横顔越しに、青空へ細くのぼっていく線香の煙がゆらゆら揺れていて、それを見たらなんだか無性に悲しくなった。


「ふー、まだ朝なのにすでに暑いなー」

優海が肩を上げて袖口でこめかみの汗をぬぐいながら、まぶしそうに空を見上げてぼやいた。

墓参りを終えた私たちは、降り注ぐ陽射しの中を最寄りの駅へと歩いていた。これから電車に乗って、試合会場へ向かうのだ。

「ほんっと暑いね。朝の七時とは思えない。まあ、もうすぐ八月だもんね、当たり前か」

今日は特に気温が高い上に、日が高くなるにつれ湿気まで出てきて蒸し暑く、少し歩いただけで汗がだらだらと滝のように流れ落ちてきた。

「こんな高温多湿《こうおんたしつ》な中で走り回るとか大変だねえ。熱中症にならないように気をつけなよ、優海。ちゃんと水分と塩分とってね」

優海は「おう」とうなずいてから、

「凪沙が俺のこと心配してくれたー、嬉しい」

と笑った。

いつもしてるよ、と心の中で思ったけれど、恥ずかしくて口には出せなかった。

五分ほど歩くと、駅が見えてきた。今日は平日なので、通勤のため電車に乗るらしいサラリーマンやOLさんが続々と駅に吸い込まれていくのが見える。

ちょうどラッシュアワーだな、と思った。普段は自転車で通学していて土日にしか電車に乗らないから、なんだか新鮮だった。

そんなことを考えてぼんやりとしていた時だった。

空気を震わせるほど大きなエンジンの重低音が聞こえてきて、私と優海は反射的にそちらを見た。真っ赤なスポーツカーが爆音を響かせながら、駅前の大通りを猛スピードで走ってくる。

ざわ、と全身の肌が粟《あわ》立ち、嫌な予感がした。

人通りの多い駅前に来ても、車はそのままのスピードで走り続ける。

私は思わず優海の手をぎゅっと握った。彼が『大丈夫だよ』と言うように強く握り返してくれたけれど、胸騒ぎは消えない。

前方の信号は黄色から赤に変わったのに、車は少しもスピードを落とすことなく私たちの立っている交差点に向かってくる。

危ない、と叫びそうになった。周りの人たちも異変に気づき、手ぶりで止めようとする男の人もいる。

それでも車はそのまま交差点に突っ込んで、急ハンドルで右に曲がった。青信号になって発進した対向車があわや衝突しそうになり、けたたましくクラクションを鳴らしたけれど、かまわずそのまま進んでくる。

見ると、私の前にいたおじいさんが、もしかしたら耳が遠いのかもしれない、暴走する車に気づかずに横断歩道を渡り始めていた。

ざっと血の気が引く。

反射的に手を伸ばしたけれど、届かなかった。もうだめだ、と目をつむりかけた、次の瞬間。

「危ない!!」

優海が叫んで車道に飛び出し、おじいさんの腕をつかんだ。それと同時に車が突っ込んでくる。

耳をつんざくような甲高いブレーキ音とともに車が急停止するのと、優海がおじいさんを抱えて歩道に倒れ込んだのとは、ほぼ同時だった。

すべてがスローモーションのように見え、ひとつひとつの場面が目に焼きついている。心臓が痛いくらいに暴れていた。

優海の無事を確認して徐々に動悸が落ち着き、ほっと安堵したのも束の間、今度は全身が燃えるくらいの怒りに襲われる。

顔を上げると、運転席の男は真っ赤な顔で「バカヤロー!」と叫び、おじいさんに向かって悪態をついていた。それを見て怒りが頂点に達した。

私は地面に目を向け、見つけた石を拾い上げて、車体に向かって思いきり振りかぶる。ぐちゃぐちゃに潰れてしまえばいい、そういう思いで。

でも、その手は石を投げつける前に止められた。優海がすぐに立ち上がって私の腕をつかんだのだ。

なんで止めるのよ、と怒りを込めてにらみつけた私に、彼はにっこりと笑いかける。

それからぱっと振り向いて、走り出そうとしていた車のドアをいきなり開けた。

茶髪の若い運転手は、驚いた顔で急ブレーキをかけた。がくんと大きく揺れながら停車する。

「お兄さん」

優海はいつもの明るい声音で呼びかけた。

「なんだ、てめー! 文句あんのか!」

怒りの形相《ぎょうそう》でにらみをきかせる柄の悪い男に、優海はやっぱりにこりと笑って、流れるように言った。

「乱暴な運転、危ないよ。気をつけてね。人轢《ひ》き殺しちゃったら、お兄さんの人生も終わるよ」

呆気《あっけ》に取られる男に「じゃ」と手を挙げて、優海はばたんとドアを閉めた。男は腹立たしげにガラス越しに舌打ちをしてから、猛スピードで走り去った。

「さ、行こうか」

優海は何事もなかったかのように言うと、放り投げた荷物を拾い、何度もお礼を言うおじいさんに会釈をして、すたすたと駅のほうへ歩き出した。

当の本人である優海は、平然としている。でも、私はだめだった。優海を追って一歩踏み出した瞬間、涙腺が崩壊した。

うう、と嗚咽《おえつ》をもらしながら涙を流していると、優海が驚いたように振り向いた。

「えっ、凪沙？　どうしたの、どっか怪我した？」

してないよ、と答えたいのに、涙が邪魔をして声が出せない。自分のことよりも私を心配する優海が優しすぎてつらくて、さらに涙が込み上げてきた。

「凪沙……」

優海がおろおろしながら私の手を握る。子どもみたいにぼろぼろ泣きながら優海の手を握り返し、試合に遅れてはいけないのでとりあえず駅に向かって歩く。

「凪沙、怪我はしてないんだよな？　どうした？」

「……悔しい……」

嗚咽をこらえながら、なんとか言葉を絞り出した。

「なんで、どうして、あんなやつが運転なんかするの？　ああいうやつがいるから事故が起きて死んじゃう人がいるんだよ。ありえない、許せない、悔しい……！」

止めどなくあふれる涙で目の前がにじんでいく。

「なんであんなクズがのうのうと生きてて、優海の家族が殺されなきゃいけなかったの……？」

透明に歪んだ視界の中で、優海が困ったように笑った。


優海の家族は、彼が小学四年生の時、事故で亡くなった。

両親と優海と弟の広海くん、家族四人で横断歩道を歩いていた時、信号を無視して交差点に突っ込んできたトラックに轢かれたのだ。

優海をかばったお父さんと、広海くんを守ったお母さんは、ガードレールとトラックの間に挟まれて即死だった。広海くんは、彼を守るために抱きしめたお母さんの腕の中で瀕死《ひんし》の重傷を負い、意識が戻らないまま三日後に息を引き取った。

あの時のことは、今でも鮮明に覚えている。事故の知らせを受けた時の、気を失うほどの衝撃。葬式で彼らの死を実感した時の、全身が脱力しそうな悲しみ。ニュースで事故を起こした男の顔を見た時の、燃えるような怒り。

あんなに優しい人たちが、なんの罪もないのに、なぜ命を奪われなければならなかったのか。どれだけ考えてもわからなくて、どうしても運転手を許せなかった。殺してやりたいと思うほどに憎んだ。

優海はお父さんに突き飛ばされたおかげで命は助かったけれど、倒れた拍子に頭を打ち全身に怪我をして、しばらく入院になった。おばあちゃんと一緒に見舞いに行った時に見た、包帯でぐるぐる巻きにされてぐったりと横たわる彼の姿が、今でも目に焼きついている。

大好きな家族を一度に失ってしまった優海は、退院後もショックでふさぎ込んでいて、しばらく学校を休み、外出さえできない日々が続いた。

優海が心配で心配で、私は毎日彼の家に通った。なにかしてあげられるわけではなく、ただ隣にいて寄り添うことしかできなかったし、自己満足なのはわかっていたけれど、それでも私は一緒にいないといけないと思っていた。

事故から二カ月ほどの間に、優海は徐々に笑顔を見せるようになり、学校にも行けるようになって、三カ月経つ頃にはすっかり元通りの明るさを取り戻していた。

その後、心も身体も回復した優海は、事故の後ずっと住み込んで面倒を見てくれていた父方の祖母の家へと引っ越していった。

いちばんの仲よしだった優海と離れるのは寂しかったけれど、子どもの足でも会いに行けない距離ではなかったし、その間もずっと電話や手紙でやりとりをしていたから我慢できた。

でも、一年も経たない内に彼のおばあさんが病気で亡くなってしまった。唯一残っていた肉親がいなくなり、優海はひとりになってしまった。おばあさんが亡くなってすぐに何度も会いに行ったけれど、優海はいつも気丈《きじょう》に振る舞って笑顔で私を迎えてくれた。

しばらくして、優海は遠い親戚の家へと引き取られていった。もう気軽には会えないくらい遠くへ行ってしまってすごく寂しかったけれど、それが優海のためだと思ったから、すべて呑み込んだ。

でも、優海はなぜか数カ月後にひとりで鳥浦へ戻ってきた。中学への進学を目前に控えた、小学六年生の冬だった。それからずっと彼は、大好きだった家族と暮らした家で、ひとりで暮らしている。

彼は、戻ってきた理由を教えてくれなかったけれど、噂好きな大人たちのおかげで事情は耳に入ってきた。

優海を引き取った親戚はどうやら、裕福だった両親の遺産と事故の賠償金《ばいしょうきん》を相続《そうぞく》することになった彼のお金を狙っていたらしい。勝手にお金を使い込まれただけではなく、かなりひどい扱いを受けていたようで、鳥浦に帰ってきた優海は、事故の後よりもさらに痩せこけてしまっていた。それでも優海は、愚痴も不満も悪口も決して口にしなかった。

その親戚は、今でも書類上は優海の保護者ということになっているらしい。最悪な人間とはいえ、彼にとって他に保護者になり得る人はいないので、仕方がないのだ。

家族を失い、信頼していた人たちに裏切られた優海は、さらに大好きだった野球まで奪われた。野球は道具や遠征《えんせい》にお金がかかるので続けられないという理由で、中学ではバスケ部に入ったのだ。

その決断を聞いた時、あんなに夢中になっていた野球を辞めなければならないなんてあまりにもかわいそうで、私は自分のことのように悔しくて泣いた。でも優海は、バスケも面白いスポーツだから大丈夫と、笑って私を慰めた。

そうして優海は、大切なものを次々に奪われながら、それでも決して絶望したりせず、太陽みたいな明るさで生きてきたのだ。

駅に入ってホームへ降り、電車に乗って目的地に向かうまでの間、私はずっと泣き続けていた。

優海のこれまでの人生、そしてこれから彼の身に降りかかるであろうことを思うと、あまりにも残酷な運命に、泣かずにはいられなかったのだ。周りに迷惑なのはわかっていたので、なんとか声は堪えたけれど、涙はどうしても止まらなかった。

こんなに優しい優海が、どうしてこんな目に遭わなくてはならないのか。どうしてこんなにたくさんのものを奪われなくてはならないのか。

考えれば考えるほど、神様が恨めしくて憎らしくて仕方がなかった。

どんな境遇になっても神様を信じている優海。今でもお祈りを欠かさない優海。それなのに、どうして神様はさらに優海から奪おうとするのか。どうして優海を救ってくれないのか。どうして優海を幸せにしてくれないのか。

神様はひどい。あなたを信じ続けている優海を、どうして裏切れるのか。

理不尽な現実に、涙は止めどなくあふれてきた。

私が乗客の好奇の視線も無視してぼろぼろ泣いている間、優海は「大丈夫、大丈夫」と囁きながら、ずっと背中をさすってくれていた。

泣いて泣いて、泣き疲れて、やっと涙が枯れてきた時、私はしゃくり上げながらひとりごとのように言った。

「神様なんか、大嫌い」

優海はなにも言わずに、私の肩をぎゅっと抱いた。心地よい体温に目を閉じる。でも、それでも怒りはおさまらなかった。

「神様は見てるって言うけど、絶対嘘だ。だって、それならなんで、あんな人が生きてて、優しい人が死んじゃうの？　おかしいよ。ちゃんとしてたらいいことがあるとか、悪いことしたら罰が当たるとか、全部嘘。神様は人間のことなんか全然見てなくて、仕事さぼって幸福も不幸もただ適当にばらまいてるだけの意地悪な怠け者だよ」

怒りのままにまくし立てたけれど、やっぱり優海は同意してくれなかった。私はひとつため息をついてから、そっと訊ねた。

「……ねえ、優海。優海はどうして神様を信じられるの？」

優海が裏切り者の親戚の家から鳥浦に戻ってきてしばらく経った頃、一度訊ねたことがある問いだった。きっと優海は同じ答えをするんだろうとわかっていながら、もう一度訊ねた。わかりきったその答えが聞きたかったからなのかもしれない。

「信じる者は救われるからだよ」

案の定、優海はそう答えた。

「神様がいるかとか、正しいかどうかとか、どうせ俺の頭で考えたってわかんないし。信じてて悪いことはないいんだから、とりあえず信じとこう、って思ってさ。俺めんどくさがりだから」

あはは、と彼は笑う。

「なにそれ。とりあえず信じるとか。優海はいっつもそうなんだから」

私は呆れて肩をすくめた。

「前も言ったけど、そんなんじゃいつか悪いやつに騙されちゃうよ。疑うことも覚えないと」

じゃないと、私が心配で仕方がないのだ。

でも、優海にはきっと、なんでも疑ってかかるなんて絶対にできないだろう、とわかってもいた。わかっていたけれど黙っていられなくて、私はなおもしつこく続けた。

「あんなに優しくて仲よしだった優海の家族は死んじゃったし、私の父親だって私の物心つく前に死んじゃったし、母親なんかあっさり子ども捨てて男と蒸発して、顔も覚えてない。ひどいことしかないじゃん。そんなんで神様なんか信じられるわけない」

私の言葉に少し首をかしげた優海が、

「でもほら、見て、凪沙」

と笑って指差したのは、窓の外だった。

風のように過ぎ去っていく線路沿いの建物や木々の向こうに、光る海がある。夏の陽射しを受けて光を散らす海面、海を青く染めている果てしない大空、悠々と飛んでいく海鳥、水平線から生まれたようにもくもくと湧き上がる入道雲。

見ているだけで心の荒波が凪いでいくような、穏やかで美しい景色。

「綺麗だなあ。夜の海も、星も月も綺麗だよな」

「うん……」

優海がなぜ急にそんな話を始めたのかわからなくて、私はあいまいにうなずいた。

「俺さあ、海とか青空とか虹とか、月とか星空とか見るたび、あーなんて綺麗なんだろうって感動するんだ。あんな、とんでもなくでっかくて、とんでもなく綺麗なものって、人間には絶対作れないだろ。だから、あーやっぱ神様っているんだな、神様が作ったんだなって思うんだ」

あまりにも純粋な言葉に、私はもうなにも言えなくなった。だから、まぶしそうに目を細めながら愛おしげに世界を眺める優海の横顔を、ただ見つめる。

「だから、信じてるんだ。俺の家族はあんなふうに死んじゃって悲しいし、なんでって思うけど、それでも俺は、神様はいるって信じてるよ。信じる者は救われるって父ちゃんが言ってたのも、信じてる」

私はどうしたって優海のように純粋で綺麗な心は持てそうにない。

今でもどうしても神様を許せない。次から次に優海の愛するものを奪っていく神様を、どうしても許せない。

ぎゅっと胸が痛んで、それをかき消すために彼の手を強く強く握った。

「だって、俺は凪沙と会えたし、ずっと一緒にいれてるし、しかも付き合えたし。きっと神様を信じてたから、神様がご褒美に凪沙を俺にくれたんだよ」

ああ、この先はもう聞きたくない。

耳を塞ぎたくなったけれど、私は黙って彼の言葉に耳を傾けた。

「俺には凪沙がいるからいいんだ。凪沙が隣にいてくれるなら、それでいい。俺は凪沙がいてくれればいい」

噛み締めるように優海が囁くのを聞いて、やっと落ち着いていた涙がまた一気に込み上げてきた。

私がいればいい、という言葉は、もちろん嬉しいけれど、それ以上に悲しかった。

なんで、どうして、と心の中の私が叫んでいる。

悲しくてつらくて苦しかった。

運命にどんな惨《むご》い仕打ちを受けたって、優海は神様を恨んだりしなかった。ひどい災難が降りかかっても決していじけたりせず、誰にでも優しくて、誰より純粋で、いつだってまっすぐで正しくて、嘘もつかなくて、罰が当たるようなことなんて絶対にしなかった。

それなのに、なんで？

どうして神様はこんなに残酷なんだろう。優海はもうたくさんのものを失ったのに、どうしてさらに失わなくてはいけないんだろう。

女の子なんて星の数ほどいるのに、なんで優海の特別になったのが私なんだろう。なんで優海は、私を選んでしまったんだろう。

答えなど出るわけのない問いだけが、いつまでも私の中で渦巻いていた。


目的の駅に着いて、私たちは試合会場の高校へ向かって歩き出した。

私も優海も行ったことのない学校だったけれど、バスケットボールの描かれた服を着ていたり、バッシュやボールバッグを持っていたりする生徒たちがぞろぞろ歩いているので、それについていけば難なく辿り着けそうだった。

高校の看板が見えてきた頃、優海がふいに思いついたように口を開いた。

「そういえば、ずっと気になってたんだけど」

「なに？」

「そのバッグ、なにが入ってんの？」

彼が指差したものを見て、思わず固まる。私が右手に提げているトートバッグ。反射的に後ろ手に持ちかえて優海の目から隠そうとしたけれど、ひょいっと覗き込まれてしまった。

「あ、弁当か」

ばれた、と気まずくなる。見るからに用途の明らかな弁当袋に入れて来てしまったので、ごまかすこともできそうになかった。

「なんかでっかそうだな。凪沙そんなに食えたっけ?」

うん……とあいまいにうなずいたら、すぐに優海が怪訝《けげん》そうな表情になった。目を逸らす私の顔を覗き込むと、みるみるうちにその目が輝き出した。

「え……っ、ちょっと待って、もしかしてもしかして、俺の⁉」

ああもう、こんな時だけ妙に鋭いんだから。私はため息をついてから、諦めてうなずいた。

「うん……。勝ったら午後も試合あるって言ってたから、お昼ご飯いるかなって……」

優海は、いつも昼はコンビニの弁当やおにぎりですませているけれど、さすがに試合の日にそれはかわいそうだと思って、優海の分の弁当も持ってきたのだ。

「でも、あれだね、優海も自分で作ってきたから、いらなかったね。これは私が食べるよ」

あはは、と笑って言ったけれど、優海は「いや!」と叫んだ。

「いる! だって、凪沙が作ったんだろ?」

「……なんでわかるの」

「なんかそんな顔してる!」

なんだそれ、と思ったけれど、言わない。きらきら輝いている優海の顔を見ていたら、水を差すようなことは言えなかった。

「えー、ちょっと待って、見たい！　見して見して！」

黙って弁当袋を渡すと、「開けていい？」とわくわくした様子で訊かれたので、うなずいた。優海はやった、と笑ってさっそく包みを開く。

そして蓋を開けた瞬間、叫んだ。

「すげー！　弁当だー！　これ全部凪沙の手作り!?」

まあね、とそっぽを向きながらうなずく。

前に玉子焼きを作って以来おばあちゃんに料理を教えてもらっていて、いろいろ作れるようになってきたので、初めて一から十まで自分ひとりで作ってみた弁当だった。気合いを入れすぎて朝の三時に起きてしまったので、おかげで寝不足だ。でも、全然眠くなんてないから不思議なものだ。

「なんだよー、凪沙いつの間に料理できるようになったん？　知らなかったー」

「まあ、なんとなく、料理くらいできたほうがいいかなって……高校生だし」

「そんで今日は俺のために作ってくれたってこと？」

「そりゃまあ、そういうことになるね」

「やべーっ、嬉しい!!」

今にも踊り出しそうなくらいの喜びようだった。これだけ喜んでもらえるのなら、作った甲斐があったというものだ。

「あと、一応言っとくけど、もうひとつタッパー入ってるでしょ。そっちはベタだけど、はちみつ漬けのレモンね」

彼氏の試合に弁当とはちみつレモンを作って応援に来るなんて、本当にベタすぎて恥ずかしいけれど、優海はそれを笑ったりバカにしたりするような人ではない。むしろ大喜びだった。

「わー、はちみつレモン！　初めてだ、うまそう！　なあ、食べていい？　食べていい？」

私は呆れて肩をすくめる。

「だめに決まってるでしょ。こんな道端で飲み食いするなんて行儀悪い。会場に着いてからね」

優海は、はーい、と少し残念そうにうなずいた。

「ていうか、いらないならいらないって言ってくれていいからね。そんなでっかい弁当持ってきてるのに、私の弁当までいらないでしょ」

断りにくいだろうと思ってこちらから言ってみたけれど、優海は勢いよくぶんぶんと首を振った。

「いらないわけないじゃん！　むしろ凪沙の弁当が最優先に決まってんだろ！　てか、

持ってきた弁当だと足りないかもしれないから、途中でコンビニに買いに行こうかなと思ってたくらいだし、余裕で完食だよ」

「マジで？　どんだけ食べんの……」

「成長期だし、動くしな！　いくらでも食っちゃうよ」

「ならいいけど。無理して食べすぎてお腹壊したりしないでよね」

優海は「大丈夫だって」と笑ってから、手首につけたミサンガと、弁当の包みを見比べた。

「凪沙が作ってくれた弁当食って、凪沙が作ってくれたミサンガつけてたら、俺もうスーパーマンになれるんじゃね？　これはスリーポイントがんがん決まって、優勝しちゃうかもなー」

調子いいんだから、と思うけれど、うまくもない手芸と料理でそこまで喜んでくれるのは、単純に嬉しかった。

「本当ありがとな！　凪沙大好き」

優海は私に抱きつき、「マジで好き、大好き」と繰り返した。

「はいはい、わかったから。ほら、着いたよ。集合遅れちゃうから行って！」

「おう、行ってくる！」

「ん。がんばってね」

「ありがと、がんばる。じゃ！」

行ってらっしゃい、とひらひら手を振ると、その倍くらいの勢いで振り返された。

駆けていく優海の背中を見ながら、どうかいい試合になりますように、と心の底から祈った。

その日、優海たちのバスケ部は、一試合目に勝利し、二試合目で優勝候補の高校に当たって敗けた。

これで彼らの夏の大会は終わってしまったけれど、強豪校相手にかなりいい試合をすることができて、チーム最多得点をあげた優海はやりきったような笑顔をしていた。完全燃焼することができたのだ。だから悔いはない、と彼は言った。

〝前〟は試合に出られなかった悔しさに顔を歪めながら、見ているこちらまで胸が痛くなるほどに声を絞り出して肩を震わせて泣いていたのに、今はさっぱりとした顔で笑っている。

せっかく応援に来てくれたのに敗けてごめん、と優海は言ったけれど、彼が笑顔で夏を終えることができただけで、私は大満足だった。悔いの残る夏休みにはしてほしくなかったから。

今日の彼の姿を見ることで、私は間違っていなかったことがわかった。私の行動は、ちゃんと優海のためになっていると確信できた。これで、私の目的の一部は達成することができたわけだ。

よかった、と心から安堵した。胸を撫でおろしながら、優海の見ていないところで、私は少しだけ泣いた。

――私の夏も、これで終わりだ。

第六章　雨の中

翌日は、朝からひどい雨だった。

私は窓を打つ雨の音を聞きながら、薄暗い部屋でタオルケットにくるまり、スマホで撮った写真を眺めていた。

期末テストの答案を持ってピースしている優海。手製の弁当と私が作った弁当をふたつ並べて、頬がぱんぱんになるまでご飯を詰め込んでいる優海。試合の後、仲間たちと笑い合っている優海。

彼はこの一カ月でずいぶん変わった。テストで合格点をとって、試合で力を出し切ることができて、少しは料理もできるようになった。部活で忙しいながらも夏休みの宿題はちゃんと進めているし、食事はコンビニの回数が減り、掃除や洗濯も前よりはきちんとするようになっている。

厳しいこともたくさん言ってしまったけれど、優海は素直に聞いてくれて、最大限に努力して、私がしてほしかったことを全部叶えてくれた。

偉かったね、優海、と心の中で語りかける。

でも、まだ完璧ではない。あとひとつ、大事なことが残っている。

私はスマホを枕元に置いて、ゆっくりと身を起こした。

首にかけた桜貝のネックレスをそっと握りしめ、窓辺に立って外を見る。

雨は激しさを増し、町全体が灰色に沈んでいるように見えた。海はどんよりと暗く濁った色をしていて、水平線は雨に煙ってぼんやりと霞《かす》み、空と海の境がどこにあるのかもわからない。

憂鬱な空模様だけれど、これくらいのほうが今日にはふさわしいかもしれない。ネックレスを外し、よし行くぞ、と自分を励ますと、私は部屋を後にした。

玄関から出た途端に、生ぬるい雨が全身に止めどなく降り注いできた。細かい水の雫が、みるみるうちに髪を、肌を、服を濡らしていく。

自転車で走り始めると、全身に雨と風が激しく吹きつけてきて、一気に身体が冷えていくのを感じた。

でも、かまわない。むしろ、ずぶ濡れになりたかった。そのほうが余計なことを考えなくてすむ気がする。

海沿いの道に出ると、さらに雨風は激しくなった。降りしきる雨で視界が白く煙る。雨は道路に打ちつけ跳ね上がり、路面はまるで海のようだ。

左に目を向けると、灰色にくすんだ海にも激しく雨が降り注ぎ、高い波と雨の跳ねた飛沫《しぶき》で水面は白く泡立っていた。

髪も顔も首も腕も脚も、Tシャツもスカートも靴下もスニーカーも、私のすべてがびしょ濡れだ。でも、それが心地いい。

濡れた前髪が額やこめかみに貼りつき、そこから落ちてくる雫がまつげにたまって、前がよく見えない。でも、向かう先は数えきれないほどに通いつめた場所なので、目を閉じていたって辿り着けるくらいだ。

今日が雨でよかった、と思う。晴れていたら、決心が鈍っていたかもしれない。私が今からしようとしていることは、美しく晴れた夏の日には、あまりにも似つかわしくない。

だから、もっと降れ、もっと降れ、と空をにらみながら祈る。

震える手と足で、私は冷たい雨の中をひたすらに走り抜けた。

優海の家に着くと、私は玄関の前に立ち、チャイムを鳴らした。

昨日が試合だったので、今日は練習も休みのはずだ。案の定、すぐに優海が玄関のドアを開けて顔を出した。

「——え、凪沙?」

私を見た瞬間、優海は鳩が豆鉄砲でも食らったような表情になった。

驚くのも無理はない。私はいつも、優海を訪ねる時は縁側に回って直接声をかけていた。わざわざ玄関から、しかもチャイムを鳴らして訪問するなんて初めてのことなのだ。

「え……っ、ちょっと、めっちゃ濡れてんじゃん！」

タオル取ってくる、と踵を返しかけた優海を引き止め、

「……話があるの」

と私はつぶやいた。

「話……？」

優海は怪訝そうに眉根を寄せ、それでもこくりとうなずいた。

「わかった、でも、とりあえずタオル持ってくるよ。風邪ひいちゃうだろ」

「いいから、聞いて」

硬い口調で言うと、優海は私の様子がいつもと違うのに気がついたようで、小さく息を呑んだ。

「……どうしたの、凪沙？」

かすれた声で言いながらも、優海は自分の服で私の濡れた顔をぬぐおうとする。その手を払いのけて、私は口を開いた。

「あのね……」

自分の喉から、ごくりと唾を飲み込む音がした。

どうしても彼の顔を直視できなくて、俯いてしまう。でも、それではきっと優海は信じてくれない。だから、ぐっと唇を噛んで顔を上げた。

優海の瞳を真正面から見つめる。細く深呼吸をして、口を開いた。

「……優海。別れよう」

優海の顔から、じわじわと表情が失われていく。十年以上の付き合いだけれど、こんな顔の彼は初めて見た。

「……は？」

真顔でたっぷり十秒以上は硬直してから、優海がかすれた声で小さく言った。

「今、なんて……？　もう一回――」

「別れて」

「……」

「私たち、別れよう。もう終わりにしよう」

呆然《ぼうぜん》としている優海に、「それじゃ」と手を振って玄関を出た。

「――ちょっ、待てよ、凪沙！」

途端に後ろから腕をつかまれる。私はあえて振り向かずに、前を向いたまま淡々と告げる。

「話はもう終わったから、帰る。邪魔しないで」

「は、は？　や、なんで？　なんで急にそんなこと言い出したんだよ！」

腕をつかむ手にぐっと力が込められる。痛みに思わず一瞬手を引くと、優海が「ごめん」と力なく呻《うめ》いて手を離した。

その隙に帰ろうとしたけれど、次の瞬間には目の前に回り込まれて道を阻《はば》まれてしまった。

「――凪沙!!」

今度は私の両肩をつかみ、優海がすがりつくような声で私の名前を呼んだ。私はなにも答えずにただ見つめ返す。

裸足のまま傘も差さずに追いかけてきた彼は、全身を雨に打たれ、髪も服も肌に貼りついて、まるで水遊びをした後の子どものようだった。

お互いにびしょ濡れのまま、言葉もなく向かい合う。雨は止めどなく降り注ぎ、まるでふたりで海の底に沈んでいるような気がした。

「……もう、あんたに言うことはないから」

低く、極力なんの感情も伴わない声で、淡々と言い放つ。私の言葉に、優海は顔を歪めて唇を噛み、それから震える声で言った。

「わけわかんねえよ……なんでこんな急にそんなこと……。理由言ってくんなきゃ納得できない」

それもそうか、と思う。これまでなんの問題もなく仲よくやってきておいて、いきなり別れたいなんて言っても納得してもらえないのは当然かもしれない。

私は優海に気づかれないようにひとつ深呼吸してから、まっすぐに彼の目を見て、聞き逃されたりしないように声を張ってはっきりと言った。

「嫌いになったの」

私の言葉は、しっかりと形になってまっすぐ彼に向かって飛んでいったような気がした。そしてそれを証明するように、彼はまるで鋭い矢に射抜かれたようにぴたりと動きを止めた。

「優海のことが嫌いになったの。もう全然好きじゃないの。だから、別れたい。それだけ」

優海がなにも答えず、微動だにしないので、こんな言葉では足りないのかと思い、さらに言い募る。

「優海ってバカだし、能天気すぎるし、嫌気が差しちゃった。ていうか私たちって合わないと思わない？　性格も考え方も全部正反対じゃん、そもそも付き合ったのが間違いだったん――」

「そんなこと言うな！」

優海の悲痛な叫びに、私の言葉は遮られた。彼のこんな声は聞いたことがなくて、私は驚きのあまり口を開いたまま沈黙した。

「そんなこと言うなよ……間違ってたなんて、嘘だろ。だって、だって……今までずっと……」

彼はそこで言葉に詰まってしまったけれど、なにが言いたいのかはわかった。

私たちは一度もケンカをしたことがないし、友達にからかわれるくらいに仲がよかった。

それに、私たちはお互いにとって特別だった。どちらも相手のことを特別な存在だと思っていると、お互いにわかっていた。お互いのいちばんつらくて苦しかった時期に、いちばん近くにいた存在だから。

だから私と優海は特別な絆で結ばれているはずだと、だから離れるなんてありえないと、優海は言いたいのだ。

でも。

「……しつこいなあ。うざいよ。私が別れたいって言ってるんだから、もう終わりでしょ。あんたがどう思ってるとか、関係ないから。じゃ」

これ以上出せないくらいに低くて冷たい声で告げて、私は足を踏み出した。

「凪沙……!!」

私の肩をつかむ彼の手に力が入る。私は顔をしかめて、「触らないで!」と鋭く言った。

「離して。もう好きでもない男に触られたって、気持ち悪いだけだから」

優海は呆然として、ゆっくりと手を下ろした。そのまま、電池が止まったみたいに動きを止める。

それから、消え入りそうな声で「さくらがい」と囁いた。その言葉に、引き絞られたように、ぎゅうっと胸が痛んだ。

「桜貝の、約束は……？」

今にも泣きそうな瞳がゆらゆら揺れながら私を見つめている。吐きそうなくらい心臓が暴れていたけれど、動揺も痛みもぐっと呑み込んだ。

「なにそれ、知らない」

きっぱりと断ち切るように答えると、優海はじわりとうなだれた。それから動かなくなる。でも、もうこれ以上なにも言うつもりはなさそうだとわかって、私は踵を返した。

自転車にまたがった時、雨に紛れて頬に熱い水が伝っていることに気がついた。

危なかった、いつからだったのだろう。

今日が雨でよかった、と再び強く強く思った。

もしも雨が降っていなかったら、この頬に雨が伝っていなかったら、きっと私は私をごまかしきれなかっただろう。

それからの日々は、まるで水の泡になって海の中を漂っているかのように、まったく現実感がなかった。

部屋でぼんやりしていると気が遠くなるほど時間の経つのが遅くて耐えがたいのに、気がついたら一日が終わっているような気もした。時間の感覚を失ってしまったようだった。

おばあちゃんは私の様子がおかしいのに気がついているようだけれど、なにも言わずにいてくれている。その気遣いがあたたかくて、嬉しくて、申し訳なかった。

そんなふうになんとか日々をやり過ごして、一週間ほどが経ったある日のことだった。夕方、真梨が訪ねてきた。

「突然ごめんね。急に連絡とれなくなったから、心配で……」

私の部屋に入ったと同時に申し訳なさそうに言った彼女の言葉で、優海と別れた日から一度もスマホを見ていないことに気がついた。

「あ、忘れてた……ごめん、心配かけちゃって」

真梨を座らせてお茶を出しながら、私がそう答えると、彼女は眉をひそめた。

「凪沙、なんかおかしいよ」

「そう？　別に普通だよ」

にっこりと笑って、「大丈夫、大丈夫」と首を横に振る。

「でも、凪沙が返信遅れることなんて、今まで一度もなかったから……」

なにか答えようと思ったのに、うまく言葉が出なかった。俯いた私を、真梨がじっと見つめているのがわかる。

「……ええと」

「今日ね、部活に行ったら、たまたま黒田くんと林くんが話してるとこに会って……」

優海の親友ふたりだ。私は思わず目を上げた。

「そこで、三島くんの様子がおかしいって聞いて……いつもどおりに見えるけど、空元気みたいだって。凪沙も変だし……もしかして、ケンカとかしてる？」

ごまかそうとしたのに、やっぱりなにかが喉に詰まったように言葉が出ない。

「あ、ごめんね、立ち入ったこと聞いちゃって。言いたくないならいいんだけど、なんていうか、心配で……」

彼女が心から私のことを思ってくれているのがわかって、胸が痛くなった。目の奥が熱くなり、じわりと涙腺が緩む。

それに気づいたのか、真梨が目を丸くした。

「ケンカとかじゃ、ないから……」

なんとかそれだけ答えると、彼女が身を乗り出してきた。膝の上に置いていた手を、ぎゅっと握りしめられる。

「凪沙……まさか……？」

言ってしまったら、心配をかけてしまう。わかっていたのに、なぜだか、うなずいてしまった。

「うん……別れた」

真梨が息を呑んだのがわかった。

「え、なんで……？　あんなに仲よしだったのに、なんで急に……」

私は潤んだ目じりをぬぐい、笑みを浮かべる。

「いやあ、なんていうか、性格の不一致？　ほら、優海と私って正反対じゃん。合わないなって今さらながらに気づいたっていうか。だから、別れようってね、私から」

気づくの遅いよね、と声を上げて笑っても、真梨は少しも笑ってくれなかった。眉を寄せて、静かに私を見ている。

「優海にはもっと素直で可愛い女の子のほうが合うもんね、絶対。あいつなぜかモテるから、次の相手すぐ見つかりそうだし」

自分の言葉に、自分でうなずく。

そうだ、優海には私よりもっとお似合いの子がいるはずだ。私なんかより彼を幸せにしてあげられる女の子が絶対にいるはずだ。

間違いなくそうだとわかっているのに、自分の発した言葉で、胸がずきりと痛んだ。

それを無視して、笑顔で続ける。

「隣のクラスのあの子とか、いいよね。可愛くて性格もよくて、優海のことちょっと好きっぽいし、すごいお似合い。付き合っちゃえばいいのに。あ、真梨、もし他に誰かいい子知ってたらさあ、紹介してやってよ、ね」

ははっと笑った私の乾いた声が、部屋にこだました。

「……本心じゃないんでしょ？」

真梨が静かな瞳でまっすぐに私を見た。いつもほんわかしている彼女の、こんな表情は初めてで、この瞳には嘘なんかつけない気がして、私はさらに返答に困った。

「いや……なんていうか……」

考えた末に、いちばん正解に近そうな言い回しを見つけて、囁くように口にする。

「本心ではないかもしれないけど、本気だよ」

我ながら、その言葉はしっくりときた。今の私の心にいちばんぴったりくる言葉だ。

「本気で、優海と別れたいと思ったから……だから、別れたの」

そう答えると、真梨はしばらく沈黙してから、脱力したように肩を落とした。

「なんていうか、全然納得できないんだけど……でも、私が納得どうこう言う話じゃないもんね」

真梨は悲しそうに少しだけ微笑んで、私のために考えてくれた言葉を紡ぐ。

「凪沙が本気でそう考えてて、凪沙がそれでいいと思ってるなら、周りが口出しすることじゃないよね。だから、ごめん、もうなにも言わない」

「……ありがとう」

「でも、三島くんはちゃんと納得してるの？」

うん、とも、ううん、とも答えられなくて、

「……してもらわなきゃ困る」

とだけつぶやいた。

彼女は怪訝そうに眉をひそめたけれど、さっきの自分の言葉どおり、それ以上はなにも訊ねてこなかった。

「そう……。まあ、いろいろあるよね。つらいのに話してくれてありがとね」

「こっちこそ……聞いてくれてありがと」

「そんなの、いくらでも聞くよー」

ふふっと彼女は笑った。

「自分じゃ抱えきれなくて、誰かに話したい時ってあるもんね。つらくなって誰でもいいから聞いてほしいってなったら、いつでも呼んで」

微笑みながら優しく肩を撫でられて、不覚にも泣きたくなってしまった。

なんていい子なんだろう。こんないい子が同じクラスにいて、しかも友達になってくれて、私の高校生活は本当に運がよかった。

「……うん、ありがとう」

小さく嗚咽がもれてしまったけれど、賢くて優しい彼女は気づかないふりをしてくれた。私は必死に声を励まして、

「……ありがとう、真梨。真梨に会えてよかった。大好き」

今までの感謝を全部込めて言葉を絞り出した。

真梨は「なにそれ」と照れたように笑ってから、「ありがと、私も大好きだよ」とうなずいた。


その晩、夢を見た。

私はひとりで学校の廊下を歩いている。前には、手をつないで歩く優海と、誰か知らない女の子。私はふたりの背中を見つめながら、彼らの後ろを少し離れてついていく。

でも、私たちの距離はどんどん開いていって、いつの間にかもう走っても追いつけないほどになり、最後には姿さえ見えなくなるのだ。

そういう夢。目が覚めた時、少し泣いた。

それは悲しいとか寂しいとか悔しいとかではなくて、ただただ自分の覚悟の弱さと執着の強さと欲深さに絶望した涙だった。

カーテンの隙間から外を見ると、まだ夜明けは遠かった。眠気はすっかりなくなっていたけれど、布団の中に潜って目を閉じていたら、いつの間にかうとうとしていた。

すると、また夢を見た。

私は夜の海岸を歩いている。藍色の空には白い満月が浮かんでいて、真っ黒な海面に揺れる月が映っていた。月の光を浴びた砂浜は、白く輝いている。

海を見ながら歩いていたら、突然、右手があたたかくなった。見ると、いつの間にか優海が隣を歩いている。

優海の手あったかいね、と私が言うと、凪沙のためにあったためといたから、と彼は笑った。

そこで目が覚めた。

外はもう明るかったけれど、私は枕を抱きしめたまましばらく動けなかった。

あれは中学生の時、優海と再会してから初めて手をつないだ時のことだ。子どもの頃はよく手をつないで歩いていたけれど、小学生になるとあまりつながなくなっていた。

そして事故の後引っ越していった優海が鳥浦に戻ってきて、しばらくして付き合い始めた時、数年ぶりに手をつないだのだ。

それは秋の終わり頃のことで、冬が訪れるのが早い海辺の町では、すでに凍えるほどに冷たい風が吹いていた。

まだ付き合い始めたばかりで、砂浜をふたりで歩いていた時に、ふいに優海が並んで距離を詰めてきて、『手、つないでいい？』と訊ねてきた。

胸が破裂してしまうんじゃないかと思うほどどきどきしていたけれど、平然とした顔で『別にいいけど』なんてそっけなく答えたのを覚えている。改まってそんなことを訊かれて、どうにも恥ずかしかったのだ。

優海は寒さのせいで赤くなった鼻をこすりながら『やった』と笑い、そっと私の右手を握った。その瞬間、寒さに凍えて冷えきっていた指先が、太陽のようなぬくもりに包まれた。

『優海の手あったかいね』

『凪沙のためにあっためといたから』

優海はポケットに忍ばせていたカイロで手を温めておいたらしかった。

それ以降優海は、これまでの三年間、冬場に手をつなぐ時には必ず温めてから私に触れる。面倒じゃないのと訊ねたら、冷たいとびっくりするだろ、と笑って答えた。

「……っ」

思い出したら、涙があふれ出して止まらなくなった。

優しい優海。私は彼から優しさしか受けたことがない。彼と出会ってから、優しくされたことしかない。

彼といる時に、つらくなったことも、悲しくなったことも、ケンカしたことも、怒ったことも、泣かされたことも、寂しくなったことも、一度もなかった。

天の邪鬼で照れ屋で、素直になれなくて、そっけない態度や冷たい言葉をたくさんぶつけてしまう私を、優海はいつも優しくて明るい光で包んでくれた。

優海は私の光、私の太陽だった。私は優海が大好きだった。今も大好きだ。それなのに――。

「……なんで一緒にいられないのぉ……？」

こんなにこんなに好きなのに、どうして離れなくちゃいけないいんだろう。どうして一緒にいられないいんだろう。

「やっぱり神様なんて大嫌いだ……っ」

私は仰向けに倒れたまま両手で顔を覆って、やまない雨のようにいつまでも涙を流し続けた。

第七章　月の砂

翌日。

今日も朝から部屋にこもってぼんやりとしていた私は、昼過ぎになってふいに喉の渇きを覚え、部屋を出て台所に向かった。

コップを出そうと食器棚の前に立った時、奥から物音がして、見るとおばあちゃんが買い物袋を持って廊下を歩いてきた。

「おばあちゃん、どこか出かけるの?」

声をかけると、「買い物に行ってくるよ」と答えが返ってくる。

「え? 私が行くよ」

足腰が弱ってきているおばあちゃんは、少し歩くだけで膝が痛くて仕方ないらしい。家の中なら休み休み歩けばいいけれど、歩くと十分以上かかるスーパーに行くのは大変だ。だから、買い物は私が行くことにしていた。

「なに買ってくればいい?」

そう訊ねたけれど、おばあちゃんは少し迷うような素振りを見せた。その様子から、最近私がふさぎ込んでいるから心配して、遠慮しているのだとわかった。

そういえば、優海と別れてから常にぼんやりしてしまっていて、この一週間は一度も買い物に行っていない。きっとおばあちゃんが痛む足腰をこらえながら行っていたのだと思うと、申し訳なくて胸が痛んだ。

「ごめんね、おばあちゃん。ちょっと悩みごとがあってひきこもってたけど、もう解決したから。今日は私が行くから、おばあちゃんは休んでて」

そう言って、おばあちゃんの手から買い物袋を奪い取る。おばあちゃんは「そうかね、ありがとねえ」と目を細めた。

「なに買ってくればいい？」

「灯籠作りをそろそろ始めんといかんからね、材料を買ってこようと思ってたんよ」

「ああ……そっか、もうすぐ祭りだもんね」

心に小さな棘が刺さったのを気づかないふりして、私はおばあちゃんの言葉にうなずいた。

来週末には龍神祭が行われる。まだまだ先だと思っていたのに、本当に時の流れはあっという間だ。

灯籠は、祭りの最後に篝火《かがりび》にくべて燃やすので、毎年新しいものを作る。そのための準備を、そろそろ始める時期だった。

「じゃあ、ホームセンターだね」

灯籠作りに使う木切れと障子紙は、鳥浦では扱っている店がない。昔は金物屋や文具屋で買えたのだけれど、私が小さい頃に閉店してしまっていた。だから今は、電車に乗って隣町にある大型のホームセンターに行かなければ買えなかった。

「大変やけど、頼んでいいんかねえ。宿題もあるんやろう」

「いいの、いいの。ちょうど気分転換もしたかったしね。行ってくるよ」

私はおばあちゃんに手を振って、荷物を持って玄関に下りた。

戸を開けた瞬間、むわっと湿って重たい熱気に包まれる。久しぶりに外に出たので、真夏の暑さに身体が驚いているのがわかった。

自転車にまたがり、買い物袋をかごにのせて走り出す。

陽射しが強くて気温が高い上に、風がほとんどなくて、蒸し風呂の中にいるように暑い。おばあちゃんを行かせずにすんでよかった、と思った。

海沿いの国道に出ると、陽射しを遮るものがなにもなくなった。頭上から降り注ぐ強い光が全身の肌を突き刺し、火に焼かれるように痛い。噴き出した汗がだらだらとこめかみを流れ、顎に伝い、胸元へぽたぽたと落ちた。

暑さを忘れるため、無心にペダルをこぐ。左側の海は、無数の波ひとつひとつが光を反射して白く煌めき、直視できないほどにまぶしい。

春のぼんやり霞んだ空を映すおぼろげな海、秋の透明な空気に映える海、冬の荒く厳しい海。どれも美しいけれど、私はやっぱり夏の海がいちばん好きだ。

ただひたすらに青い海、果てしなく広い空、くっきりと浮かび上がる水平線、圧倒的に明るい太陽と、容赦なく降り注ぐ光。混じりけのない純粋に澄みきった景色。そんな夏の景色を見ながら、優海と一緒に自転車を走らせるのが大好きだった。

でも、今はもう、彼は隣にいない。

いつも優海が隣にいたから、ぶつからないように左側に寄って走るのが私の癖になっていた。ぽっかりと空いてしまった右側を、どうしていいかわからない。

今までの人生でいちばんの喪失《そうしつ》だった。

母親が私を置き去りにして姿を消した時よりも、優海の家族が死んでしまった時よりも、ずっとずっと大きい、広大な荒野の真ん中にひとり取り残されて立ち尽くしているかのような、圧倒的な喪失感と脱力感。

でも、これは私が選んだことだ。優海のためとはいえ、私の選択のせいで彼にもきっと同じような思いをさせてしまっている。だから、私は悲しんだり寂しがったりする資格はない。耐えるしかないのだ。

しばらく走って、私はブレーキを握った。いつもはなにも考えずに走り抜けてしまう道だけれど、今日は生まれ育った土地のこの海をちゃんと見ておきたい気がして、自転車を降りる。防波堤の前に立って海岸を見下ろした。

真下には黒っぽい岩がごろごろ転がっていて、打ちつける波が白く弾けている。その先には、太陽の光に照らし出されて真っ白に輝く砂浜がある。私と優海の思い出の砂浜だ。

見ていると、胸をかきむしりたくなるほど心が乱れて、私は目を逸らした。どこまでも青い海を見つめる。十年以上も毎日見ている海なのに、不思議と少しも見飽きることはない。

この海に、龍神様は住んでいるのだという。そんなことはこれっぽっちも信じていなかったけれど、この圧倒的な大きさを目の前にすると、海に神様がいると考えた昔の人たちの気持ちもわからなくはない。

私はしばらくぼんやりと海を眺めてから、また自転車に乗って駅へと向かった。

電車に乗って隣町の駅で降り、歩いてホームセンターまで行って買い物をすませた。

店を出て駅に向かって歩き出した時、急に疲れを感じた。ここのところまともに食事をとっていなかったし、よく眠れなくて寝不足で、しかもこの暑さだから当然かもしれない。

少し休んだほうがよさそうだと判断し、私は足を止めた。近くの路地に入ると、日陰になった段差があったので、そこに腰を下ろした。

前の通りを行き交う人々をぼんやりと眺めながら、頭をよぎるのはやっぱり優海の顔だった。

何度もこの町に遊びに来て、映画を観て、ハンバーガーを食べて、ウィンドウショッピングをしたこと。なんでもない思い出として忘れかけていたのに、今となってはなんて楽しくて満ち足りていたんだろうと、切なくなるほどに懐かしい。

あの頃どうして、優海と一緒にいられることがどれだけ幸せなのか、自覚することができなかったんだろう。

別れることになるとわかっていたら、もっとたくさん一緒に出かけたし、もっといろんなものを食べに行ったし、おそろいのものだって恥ずかしがらずに買ったのに。

永遠に一緒にいることなんてできないとわかっていたら、優海と過ごせた時間のすべてを記憶に焼きつけたのに。

考えているうちに苦しくなって、私は膝を抱えて顔をうずめた。波立った気持ちがおさまるまで、うつむいたまま耐える。

そのうちに、疲れていたせいか、少しうとうとしてしまった。

そして気がついたら、大量の水が押し寄せてきていた。逃げる間もなく身体が波に呑まれて、自由がきかなくなり、呼吸ができなくなる。動きたいのに動けない、空気が欲しいのに息ができない。

苦しくて苦しくて、怖くて怖くて、気が狂いそうだった。

次の瞬間、痙攣《けいれん》するように全身が激しく震えて、はっと目が覚めた。夢だと気づくまでに、しばらく時間がかかった。

全身が汗だくで、指先はまだ恐怖で震えていた。ぜえぜえと荒い呼吸音が耳の中でこだまして、周りの音がなにも聞こえない。

心臓が破裂しそうなほどに激しく暴れていて、胸がつぶれるんじゃないかと思うくらい痛かった。

震えながらうずくまる。自分の気持ちがコントロールできなくて、どうにかなってしまいそうだった。苦しい、痛い、怖い、夢の中での感情がなかなか消えてくれない。息が苦しい。誰か、と心の中で叫んだ、その時だった。

「凪沙？」

声が聞こえた。

暗い闇に沈んだ深海に、優しい光が天上から突如降ってきた。そんな幻覚に包まれた。ゆっくりと顔を上げる。確かめなくたって、声の主が誰なのかはわかりきっていたけれど。

「……ゆう」

かすれた声で呼ぶと、優海はうん、と微笑んだ。

その笑みを見た途端に、すうっと呼吸が楽になった。肩の力が一気に抜けて、こびりついていた恐怖も一瞬で消え去り、安堵感に包まれる。

なんでこんなところに、と訊ねようとしたけれど、うまく声にならなかった。

「大丈夫か？　体調悪い？」

「……平気。休憩してただけ」

我ながら下手な言い訳だった。案の定、優海はちっとも信じていない様子だ。普段はなにも疑わずになんでも無条件に信じてしまうくせに、こういう時ばっかり。

そんな不平もうまく言葉にできずにいると、優海の手がそっと私の額に当てられた。あたたかい手。ずっと私のもので、これからも私のものだと思っていた手。その手を、ぱしんとはねのけた。

優海は一瞬動きを止めたけれど、何事もなかったかのように口を開く。

「熱はなさそうだな、よかった。熱中症で倒れたのかと思った」

「……そんなやわじゃないし」

「でも、寝てないんだろ。そういう顔してる」

「……ふ。なにそれ。なんでそんなことわかんの」

思わず笑ったけれど、優海は真剣だった。

「だって凪沙、ひどい寝不足の時は、目の周りが赤くなんじゃん。だから見ればわかるよ」

これだから幼馴染は嫌だ。私の弱点をすべて知っている優海の目をごまかすのは、すごく難しい。

優海は静かに私の隣に腰を下ろした。

「練習試合の帰りなんだ。たまたまそこの道通って、何気なく見たら凪沙がいたから、びっくりした」

そう言いながら、鞄から取り出したジャージを私の肩にかける。それからミネラルウォーターで濡らしたタオルで私の額や頬をぬぐった。冷たくて気持ちがいい。

心地よさに目を閉じながら、なんでそんなに優しいのよ、と叫びたくなった。あんなにひどいことした私に、どうしてそんなに優しくできるの、と抗議したくなった。

どうしてあんたはそんなにバカなの。どうして怒ったり恨んだりしないの。素直にもほどがある。純粋にもほどがある。

大切なものを奪った神様を、それでも信じている優海。

突然一方的に別れを告げた私に、それでも優しくする優海。

どうしてこの人はこんなに綺麗なんだろう。

こんなに綺麗な心で、こんなに残酷な世界を、本当に生き抜くことができるのだろうか。いつかとんでもなくひどい目に遭って、もう二度と立ち直れないくらい傷つけられて、ぼろぼろになってしまうんじゃないだろうか。

だけどその時にもきっと優海は、今みたいな透明な笑顔を浮かべるんだろう。それでも私は、そんな思いもそんな顔もさせたくないのだ。だから、これ以上優海が悲しむことのないように、彼から嫌われることを、彼から離れることを決めたのに。

そんな私の血のにじむような努力を軽々と蹴っ飛ばして、優海はなんでもないように私を追ってきてしまうのだ。

バカな優海。知らないよ、いつかひどい目に遭っても。私なんかに近づいてしまったら、きっとすごくすごく苦しい思いをする。

「……凪沙？」

顔を覗き込まれて、涙腺がずいぶん緩んでしまっているのを自覚した。両手で顔をこすり、「もういい」と手を振ってゆっくりと立ち上がる。

「てか、全然元気だから。普通に休憩してただけだし」

「嘘だ。つらそうな顔してるもん」

「気のせいだよ。てか、ほっといて？　うちら、もうただのクラスメイトなんだから、馴れ馴れしくしないでよね」

わざと傷つける言葉を選んで言ったのに、優海は顔色ひとつ変えない。

「ただのクラスメイトでも、具合悪そうならほっとけないって」

そうだ、優海はそういうやつだった。

「……めんどくさいなあ、もう」

きつく眉を寄せて大げさにため息を吐き出してから、肩をすくめてみせる。

「私、もう行かなきゃ。時間ないの。あんたなんかと話してる暇ないんだよね」

そう言って立ち去ろうとしたのに、寝不足のせいか少しよろけてしまった。

「あーもう、ほら」

後ろから両肩をつかまれて支えられる。

「大丈夫って言ってんじゃん」

「うんうん、わかってる」

「なにその言い方、むかつくんだけど」

「ごめんごめん」

「……」

なにを言ってものれんに腕押しになりそうだったので、優海の胸を拳で殴ることで苛立ちを表現した。

「痛くない。いつもと全然違う。やっぱ元気ないんじゃん。ほんと意地っ張りだよな、凪沙って」

「……」

優海は私の買い物袋をちらりと見た。

「買い物はもう終わってるっぽいな。今から帰るの？」

「……」

「俺も駅に行くとこだから、一緒に行こう。歩ける？」

有無を言わさぬ調子で話を切り上げると、優海は右手で私の荷物を持ち、左手で私の手首をつかんで、ゆっくりと歩き出した。

手をつながないのは、私に対する気遣いなのだろう。わかっているのに、それを少し寂しく思ってしまう自分が嫌で嫌でたまらなかった。

優海に手を引かれて、うつむいて歩く。なんで結局こいつの言うこと聞いちゃってるんだろう、と不思議になるけれど、仕方がない。昔から優海は、素直に見せかけて実は頑固なところがあって、普段は絶対に私の言うことに逆らわないくせに、時々言い出したら聞かなくなることがあるのだ。

今がまさにそのパターン。こうなったら、私がなんと言おうと、こちらが優海の言うとおりにするまで絶対に折れないことを、経験上知っている。これはもう言うことを聞くしかなさそうだ。

私は「ありがと。自分で歩けるよ」とため息をついて、そっと優海の手を離す。振り向いた彼はひとつ瞬きをしてから、なにも言わずに少し笑って前に向き直った。

大通りに出て、駅に向かって歩き始める。ずっと空いていた右側に優海がいるのが、なんだかすごく変な感じだ。

街路樹から蝉の声が降り注いでくる。あまりの大音量が頭に響いてくらくらするけれど、木陰になっていて涼しいのはありがたい。

でも、街路樹が途絶えた途端に、突き刺さるような陽射しとアスファルトから立ちのぼるむわっとした熱気で一瞬にして体感温度が上がり、汗が一気に噴き出してきた。

こめかみを伝う汗をハンカチでぬぐう。すると、急に視界が暗くなった。

「凪沙、暑いからそれかぶってて。あ、使わなかったやつだから安心していいぞー」

視界をふさぐ白いものを手にとって見てみると、優海の部活用のTシャツが頭からかぶせられていた。

洗ってあるはずなのに、優海のにおいがして、自分でもびっくりするくらいに安心感に包まれた。そしてそんな自分が嫌になるという、自己嫌悪の繰り返し。

「……ありがと」

いらないと言っても聞かないのは目に見えていたので、素直に受け取った。頭からすっぽりと覆われて、陽射しが遮られるだけでずいぶん楽になる。

Tシャツの隙間から優海をちらりと見上げて、こんなに大きかったっけ、と思った。高校生になってからどんどん背が伸びている気がする。そういえばこのTシャツも、私のものに比べてすごく大きい。

視線を落とすと、優海の腕が目に入った。相変わらず細いけれど、中学の頃からするとだいぶ筋肉がついてたくましくなり、動かすたびに筋が浮き上がる。大人の男の人みたいな腕だ。

こうやって優海はどんどん変わっていくのだろう。私はそれを隣で見続けるのだと、当たり前のように思っていたけれど。

再び歩き出すと、Tシャツをかぶっているせいで視界がずいぶん狭まっていることに気がついた。前が見えないと障害物に気づくのが遅れるので心許ない。

それでもとりあえず足元だけを見て歩いていたら、数歩先を行っていた優海が振り向いた。

「あ、前見えないのか。歩きづらいよな」

「別に……下は見えてるから大丈夫」

「でも、電柱とかにぶつかったら危ないじゃん」

優海は私の隣まで戻ってきて、自然な仕草ですっと手をとった。

「やっぱ手つなごう。危ない」

なにかを答える隙もなく、手をつないだまま歩き出した優海に従うしかなくなる。

いや、違う。本当は振り払うことなど簡単だけれど、そうできない自分がいる。

優海のやわらかくてあたたかい手のひらの感触。まるで自分の一部に触れているかのようにしっくりきて、これが他人の身体だなんて思えないほどだ。手をつないでいるのがいちばん自然な気がして、もう離せなくなってしまう。

駅に着くと、少し休憩したほうがいいと、改札の近くに置かれたベンチに座らされた。優海がふたり分の切符を買って戻ってくる。

「行ける?」

「うん」

また手をつないで、改札を通り抜ける。

周りから見たら、デート中のカップルに見えるだろうか。本当はついこの間別れたばかりだなんて、誰も思わないだろう。

これは今だけ、体調が悪いんだから仕方がない、と誰にともなく心の中でつぶやく。家に着いたら、もう一度ただの幼馴染に戻らなきゃ。

頭ではそう考えているのに、右手が勝手に優海の左手を握りしめた。彼はなにも言わずにそっと握り返してくれた。

ホームにはちらほらと電車を待つ人がいた。タイミングよく普通列車がやって来る。鳥浦には各駅停車の電車しか停まらないので、運が悪いと何十分も待つこともあるのだ。

電車に乗り込むと、もうそろそろ帰宅ラッシュの時間帯のせいか、けっこう乗客が多かった。ぽつぽつとしか空席がない中で、ふたりで座れる場所は、奥の優先席の隣だけだった。

肩から肘までぴったりとくっつけて、ふたり並んで腰を下ろす。それだけでとても心が落ち着いた。

私たちは小さい頃からいつもこうやって並んでぴったりくっついていた。身体のどこかをくっつけていないと落ち着かないほどにべったりだった。よく周りの人から、まるで双子の姉弟みたいと言われていた。

でも、それももう終わり。これで本当に最後にするから、だから神様、今だけはこうしていさせて。

私は眠たいふりをして、優海の肩に頭をのせた。

しばらく目を閉じていたら、ふいに優海が少し身じろぎして、「凪沙、ちょっとごめん」と囁いてきた。

顔を上げると、近くに少し腰の曲がったおばあさんが立っていた。見渡すと、席は全部埋まっている。なるほどそういうことか、とすぐに状況を把握した。

隣の優先席にちらりと目を向けてみると、スマホの画面に視線を落としている大学生らしい女の人と、イヤホンで音楽を聴いている若いサラリーマンが座っていた。どちらも譲る気はなさそうだ。

優海のほうに向き直ると、すでに彼は席を立っておばあさんに「どうぞ」と声をかけていた。おばあさんは少し申し訳なさそうに「すぐ降りますから」と言ったけれど、優海はなぜか張り合うように「いや、俺のほうがすぐだから！」と笑顔で答える。

「おばあちゃん、座って」

「あらそう、ごめんなさいねえ、ありがとう」

おばあさんは会釈をしながら私の隣に腰を下ろした。

優海はいつもこうだ。バスでも電車でも、誰よりも早くお年寄りや身体の悪い人に気がついて、さっと席を譲る。彼の中ではそれが当たり前のことだから、本当に当然のように席を立つので、譲られたほうも断れないほどだ。

この前も、ふたりで電車で出かけた時、マタニティーマークをつけている妊婦さんを見つけて席を譲っていた。私は気がついてもなかなか勇気が出なくて声をかけられなかったりするので、そういうところは本当に尊敬する。

「あっ、海が見えてきた」

私の目の前に立って、吊革にぶらさがりながら窓の外を見ていた優海が、嬉しそうに声を上げた。私も振り向いて後ろを見る。ひしめきあう建物の隙間から海がちらちら覗いていた。今日の海は、いつになく澄んだ青色をしていて、明るく輝いている。

「すげー、綺麗だなー」

「なんでそんなテンション上がってるの。海なんか毎日見てるじゃん」

おかしくなってくすくす笑いながら言うと、優海も「確かに」と笑った。

「でも、鳥浦でチャリこぎながら見る海とはなんか違う感じして、新鮮だからさー」

「まあ、確かにね」

海はどこまでもつながっているはずなのに、どの場所から見るかで全然違って見えるから不思議だ。鳥浦の海を見るといつも必ず、帰ってきた、これが私たちの海だ、と感じるのだ。

ぼんやりと外を見ていたら、ふと窓に映った優海が不穏な動きをしているのに気がついた。

見ると、思いきり顔をしかめて首をひねっている。どうやら、向こうに座っている親子連れの赤ちゃんに変顔をして見せているらしい。赤ちゃんはお母さんに抱かれたまま、無表情でじいっと優海のほうを見ている。それを笑わせたいらしく、優海は必死にいろいろな変顔を繰り出しているのだ。

お母さんはたぶん気づかぬふりをしてくれていて、少し顔を横に向けているけれど、その口元は笑いをこらえるように歪んでいた。

相変わらずだなあ、と思いながら、私はスマホを取り出し、耳を引っ張って猿の顔真似をする横顔をカメラにおさめた。

優海は子どもが好きだ。広海くんの面倒をよく見ていたし、今も近所の子どもたちとよくキャッチボールや追いかけっこをして遊んであげている。出かけた先で小さい子を見ると、絶対にあやして笑わそうとする。

私の父親は、私がほんの子どもの頃に病気で亡くなってしまったので、まったく記憶がない。でも、優海や、優海のお父さんのような人が父親だったら、楽しくて大好きになっていただろうなと思う。

「……優海はいいお父さんになりそうだね」

ぽつりと言うと、彼は唇を左右にずらして目を見開いた変顔のまま私を見た。思わず吹き出して、「その顔でこっち向くな、バカ」と小突く。

「凪沙もいいお母さんになりそうだよ」

予想外の返しを受けて、思わず動きが止まる。

「……そんなことないと思うけど」

「そんなことあるよ。だめなことはちゃんと叱って、でも優しい時はめちゃくちゃ優しいお母さんになるよ」

ふうん、とだけ答えた。

沈黙が流れる。がたんごとん、と響く電車の音が心地よかった。

鳥浦の駅が近づいてくる。海は穏やかに波立ち、太陽の光を反射させていた。

見慣れた風景だけれど、優海の言うとおり、いつも彼と自転車をこぎながら見ていた景色を、肩を寄せ合って電車の中から見るだけで、ずいぶんいつもと違う感じがして新鮮だ。

もう少し乗っていたい気がしたけれど、到着を告げるアナウンスが流れてきた。

「凪沙、着いたよ」

「……うん」

私は小さくうなずいて立ち上がり、ふたり並んで電車を降りて改札に向かう。利用客のあまりいない鳥浦の駅はいつも閑散《かんさん》としていた。

電車の中は冷房がきいていて涼しかったけれど、一歩外に出ると強い陽射しと蝉の大合唱が降ってきた。

改札を抜けて駅の外に出たところで、優海に向かって手を突き出す。

「荷物、ありがと」

「いいよ、家まで持ってくよ」

そう言って抱え直す彼に向かって、首を横に振った。

「ちょうだい」

「……わかった」

渋々手渡された買い物袋を受け取り、肩にかける。

寂れた小さなロータリーを出て左に曲がり、私は黙々と歩き出した。ついてくる優海の足音が聞こえたけれど、後ろは向かない。

海を見ながらしばらく歩くと、分かれ道まで来た。まっすぐ行けば優海の家、左に行けば私の家。

横顔だけで振り向いて、優海に言う。

「あとは大丈夫だから、ここで別れよう。付き添ってくれてありがと、助かった」

「家まで送るよ」

「いい。本当にもう全然大丈夫、顔色もいいでしょ？　てか、優海といるのみんなに見られたくないから、ここまでにして」

わざわざ付き添ってもらい、いろいろと気を遣って優しくしてもらったのに、こんなに迷惑そうに冷たい言い方をして、私は本当に嫌なやつだ。

だから、優海。もう私のことなんか嫌いになってしまえ。こんなやつ二度と優しくしてやるか、って見放していいんだよ、と心の中で語りかける。

「……わかった」

優海はゆっくりとうなずいた。

「ありがと。じゃ、また」

私はくるりと踵を返して、家の方向へと歩き出した。

誘惑に負けてしまいそうな自分を、優海の眼差しを求めてしまいそうな自分を叱咤して、アスファルトに落ちる影だけを見ながらずんずん歩く。

もう振り向かない。もう二度と振り向かない。これでもう終わり。これ以上優海の優しさに甘えたりしない。同じ過ちは繰り返さない。

呪文のように心の中で繰り返していた、その時だった。

「凪沙!!」

住宅地の真ん中に響き渡る声。驚いて立ち止まってしまった。

「凪沙、待って!!」

あまりの大声に、近くの家の窓からおじいさんが顔を出した。

「ご、ごめんなさい！　なんでもないです、うるさくしてすみません」

私はぺこぺこ謝りながら、優海を振り返る。

「うるっさいバカ！　近所迷惑でしょうが!!」

「あっ、すみません」

優海がおじいさんに頭を下げる。おじいさんは「若いねえ」と笑って戸を閉めた。

「……」

「……」

ふたり残されて、気まずさに黙り込む。このまま去ろうと思っていたのに、優海のバカ、と心の中で悪態をついた。

「……あのさ、凪沙」

もう一度呼ばれて、私はつっけんどんに答えた。

「……なに」

「やっぱり俺、このままとか嫌だ」

「は？」

「別れたくない」

きっぱりとした言葉に、胸が早鐘を打ち始める。ここまできてそれでもまだ勝手に喜んでしまう私の心。本当にどうしようもない。

「前にも言ったけど、凪沙じゃなきゃだめだ。俺は凪沙が好きだから」

まっすぐな言葉が次々に飛んできて、胸に突き刺さる。私は俯いて唇を噛み締めた。

「凪沙がいない人生とか考えられない」

だから、だめなのだ。だからこそ私は優海と離れる決意をしたのだ。

「……私は、優海じゃなくてもいい。優海がいなくても生きていける。優海がいない人生でもいい」

下を向いたまま答えた。

優海は黙り込んだ。でも、視線を感じる。まっすぐに私を見ている。

その眼差しの前では、私の口から出たどんな言葉も意味を失って、本当の気持ちが渦巻く心の中を見透かされているような気がした。

「……待ってる」

唐突な言葉の意味がわからなくて、少し顔を上げると、優海はやわらかい笑みを浮かべて言った。

「明日の夜、桜貝の砂浜で、待ってる」

は、と唇から息がもれた。

「今日はゆっくり寝て、明日もゆっくり休んで、そんで晩飯食い終わったら、あの砂浜に来てよ。待ってるから」

「なに言ってんの……行くわけないじゃん。私はより戻す気なんて――」

「凪沙が来るまでずっと待ってるから」

遮るように言われて、私は口をつぐんだ。

「凪沙が来るまで帰らない。絶対帰らない」

私はゆっくりと顔を覆って、呻くようにつぶやいた。

「ずるい……そんなの、ずるいよ」

だってそんなふうに言われたら。

「うん」

優海は、知ってる、というように、にっこりと笑った。

絶対行かない、絶対行かない、と念じながら一日を過ごした。

行くもんか、行っちゃだめだ。自分で決めたことなんだから。

自分の部屋の畳の上に寝転び、天井の染みをにらみつけながら、ずっと優海のことを考えていた。

優海のために、行っちゃだめだ。私と別れるのが優海のためなんだ。

そう思っているのに、私は気がついたら桜貝のネックレスを胸に抱きしめていた。

時計を見ると、午後九時になるところだった。窓の外の空は、すっかり真っ暗になっている。

潮風が絶え間なく吹きつける海辺の町は、夏でも夜になれば肌寒い。

優海はもうあの砂浜に行っただろうか。ちゃんと上着を着ていっただろうか、寒くはないだろうか。いや、もう夏だから大丈夫に決まっている。でも、海の近くは風が強い。いや、風が強いくらいで死んだりしない。

気持ちがぐらぐら揺れているのを感じる。気がつくと優海の待つ場所へ行く理由を探してしまっていて、慌ててそれを打ち消す、その繰り返しだった。

うつぶせになって腕に顔を埋める。

行かない、絶対行かない。

そう自分に言い聞かせていた時だった。ひとつの光景がまぶたの裏に浮かんできた。

寒々しい月明かりに照らし出された誰もいない海岸。その片隅で、優海がひとり、膝を抱えて座っている。広い広い砂浜に、たったひとりで。ぽつんとうずくまる背中。

ぐっと胸が苦しくなった。家族を失ってしまった優海を、決してひとりにはしないと自分に誓っていたのに、私は結局彼をひとりにしてしまっている。

そう思ってしまった瞬間、もうだめだった。

私は勢いよく立ち上がり、壁のカレンダーを見た。真っ赤なペンで印をつけた、『運命の日』。

この日までに成すべきことを決めた。なにがあってもやり遂げると決めた。そして、それを実現するためにここまできた。

それなのに、優海は今、ひとりで私を待っている。

私はなんのために彼と離れる覚悟を決めたのか。彼のためになると思っていたことが、本当は彼のためにはならなかったのか。

わからない。わからないけれど、今私がすべきことは、たったひとつだと思った。

鳥浦の海岸は、岩場と砂浜が混在している。岩場は危険だから子どもは近づくなときつく言われていたので、小さい頃、海で遊ぶ時はいつも砂浜で遊んでいた。

砂遊びの道具を持っていって砂の城を作ったり、波打ち際で水遊びをしたり、木の枝で砂に落書きをしたり、潮干狩りをしたり、流れ着いたガラス瓶や流木を拾ったり。その楽しい思い出がたくさん詰まった砂浜で、優海は私を待っていた。まだこちらには気づいていない。

私はゆっくりと歩いて近づいていく。さく、さく、と小さく砂が鳴いた。

彼は波打ち際で佇んでいる。私が本当に来るかどうか、いつ来るかもわからないのだから、座って待っていればいいものを、立って待っていたのだ。

バカな優海、と小さくつぶやいた。

この浜は、流れ着いた貝殻が砕けた砂でできている。夜になって月の光を浴びると、その砂は銀色がかった白に輝き、幻想的な美しさを見せた。この砂浜を見るたび、月の砂漠はこんな美しさだろうか、となんとなく思う。

月明かりの中に浮かび上がる、真っ白な砂漠の中にひとりぽつんと佇む優海。その視線の先には、藍色の空に浮かぶ白い月と、無数に煌めく満天の星、波間に月影を映す濃紺の海。

あまりにも寂しい光景で、私はもう歩くのをやめた。

全力で走って彼のもとに向かう。

足音に気づいた優海が振り返った次の瞬間には、勢いよく飛びついた。

「わっ！」

優海が声を上げて私を抱きとめ、そのままバランスを崩して砂の上に転がる。一瞬で髪も服も肌も砂まみれになり、打ち寄せる波が足を濡らした。

「あははっ！」

優海が弾けるように笑い、私も彼の上で同じように笑う。声を上げて心から笑ったのはいつぶりだろう、と思った。

「もー、なんだよ急に、びっくりしたー！」

優海が砂まみれの私を抱きしめたまま覗き込んできた。その顔にはいつものようにやわらかい微笑みが浮かんでいる。

私がなにをしても、なにを言っても、どんなに自分勝手に振り回しても、ただ笑顔で受け入れてくれる優海。

私は両腕を彼の首に回してぎゅうっと抱きついた。ふふ、ともれる笑い声が上から聞こえる。

少し顔をずらして、彼の胸にぎゅうっと耳を押しつけた。ちゃぷちゃぷと音を立てる波よりも大きく響く、とくとくと規則正しい心臓の音。その間隔が、いつもより少しだけ早いかもしれない。

こうやって優海の胸に耳を当てて鼓動の音を聞くのが好きで、寂しい時、悲しいことがあった時、昔からよくやっていた。

「……あ、〝猫岩〟だ」

少し離れたところにある岩を見て、私は思わず声を上げた。

細長い形をしていて、先のほうが二カ所三角形にとがっているその岩は、小学生の時に優海が見つけて、私が猫岩と命名したものだった。しばらくこの岩がお気に入りになって、いつもその前で砂遊びをしていた。

「ほんとだ。懐かしいな」

優海がやわらかい声で言う。

私たちには、共に過ごした数えきれない思い出があって、そのひとつひとつが私たちを形作り、私たちの絆を深めている。どんな記憶も、すべて優海につながっている。どんな感情も、優海と分け合ってきた。

私の過去は、すべて優海と共にある。私の現在は、ずっと一緒にいた優海との関わりの中で作られた。優海と出会わなかったら、私はきっと今の私ではなかった。

だから、離れられるわけなんてなかったのだ。

「……これ、ネックレスにしたんだな」

ふいに優海がそう言って、指先で私の首元のチェーンを絡めとった。しゃら、と金具がこすれあう音がして、金色の細い鎖が月光に煌めいた。

チェーンの先には、桜色の貝殻のかたわれ。

「うん……身につけれるように」

「いいな。俺のもそうしたい」

「優海がネックレス一？　ないない」

「えー、お揃いにしたいのに」

「恥ずいわ」

「ははっ」

　この桜貝のかけらを見つけたのは、ここで貝殻拾いの遊びをしていた時だった。

　その日、私はひどく傷つき落ち込んでいた。

『もう凪沙ちゃんとは遊ばないし、おしゃべりもしない。凪沙ちゃんは捨て子だから、ちゃんとしつけられてないから遊んじゃだめって、お母さんが言ってたもん』

　そんな心ない言葉を、同じクラスの女子から吐きかけられたからだった。

　けれど、そんなふうに言われてしまったのには、私自身に原因があった。

　小学生になって、いくつかの幼稚園や保育園から集まってきた子どもたちと新しく関係を築かなければならなかったけれど、私はそれがうまくできなかったのだ。

　私の母親の噂が保護者たちの間でしっかり回っていて、それが子どもにも伝わっていた。

『凪沙ちゃんってパパもママもいないんだって。かわいそう』

そんなことを何度も言われて、そのたびに『たしかにパパもママもいないけど、かわいそうじゃないもん』と言い返していた。

親がいないことや、おばあちゃんとふたりで暮らしていることを憐れまれたくなくて、バカにされたくなくて、私は常に気を張るようになり、強情で我《が》の強い性格になっていった。おまけに口も悪く、嫌なことを言われるとすぐに激しく反論して、ひどい時には大喧嘩もした。

あの日、クラスメイトにあんな言葉を言われたのは、そういう私の言動が招いた結果でもあったんだと思う。

捨て子、しつけられていない、遊んじゃだめ。その言葉に胸をえぐられた。

怒りと悔しさと悲しさで胸がいっぱいになり、鳥浦に来てからずっと我慢していた涙が一気にあふれ出して、私は号泣した。

それから授業が終わるまで保健室で泣きじゃくっていた私は、終礼後に迎えにきた優海と一緒に帰路についた。手をつないで歩く間、優海はなにも聞かなかったし、なにも言わなかった。

家に着く頃、さすがに涙は枯れ果てていたけれど、泣いていたことを隠せそうもない顔ではおばあちゃんに会いたくなくて、『まだ帰りたくない』と優海に言った。

すると彼は『じゃあ海で遊んでいこう』と笑って、私の手を引いてこの砂浜に連れてきてくれたのだ。

なにして遊ぶ、と私が訊ねたら、彼はいたずらっぽく笑って答えた。

『宝探し、しようよ』

宝探し?と首をかしげると、『綺麗な貝殻を探す遊びだよ』と優海は言った。

『それでどっちのほうが綺麗か勝負するんだ』

でも、勝負をしていたはずなのに、あの桜色の美しい貝殻を見つけた瞬間、優海は満面の笑みで『あげる』と私に差し出した。

『お母さんが教えてくれた。ピンク色の貝殻を拾ったら幸せになれるんだって』

幸せになれる貝殻を、彼は迷いなく私にくれたのだ。その瞬間から、桜貝は私のいちばんの宝物になった。

あの時の優海の笑顔を思い出すと、胸の奥のほうがぎゅうっと苦しくなって、私は抱きつく腕にさらに力を込めた。

「……ねえ、優海」

彼はいつものように「んー?」と答える。

「好き」

ふはっ、と優海の笑う声がその胸にこだました。

「知ってる」

と、優海はやわらかい声で答えた。

かなわないな、と思った。

優海にはかなわない。結局昔から、私はいつも彼にかなわないのだ。

腹が立つこともあるけれど、その笑顔を見たらすぐに許してしまう。なにか悲しいことがあっても、その優しさに触れたらすぐに忘れてしまう。私にとって優海はそういう存在なのだ。

波の音に耳を澄ませながらしばらく抱き合っていたら、優海がふうっと深く息を吐いた。目を上げて見ると、まぶたを閉じて安堵の表情を浮かべている。

「はあ……もうマジでだめなのかと思った……」

そう言った彼の声は、少し震えていた。胸が痛い。

「……ごめん」

囁くように謝ると、

「いいよ、もう。来てくれたから」

そう言ってぎゅっときつく抱きしめられる。心地よさに、ふふっと笑いがもれた。

「でもさあ、もー、なんで別れるとか言ったんだよー！　死ぬかと思ったじゃん！　俺のこと大好きなくせに！　ほんとなんで!?」

優海が叫んだ。私は瞬きをしてから、少し笑って首をかしげる。

「んー、それは内緒」

「内緒かよ！」

「女心は複雑なの。それに思春期の心は揺れ動くものなの」

本当のことなど言えるわけがないから、適当なことを言ってごまかす。

でも、自分が女心に疎《うと》いことを自覚している優海は、それで納得したのか、それ以上なにも言わなかった。

しばらくじいっと私を見ていた優海が、ごそごそと身じろぎして、ポケットからなにかを取り出した。透明の小さなアクリルケースだ。中には、桜色のかけらが入っている。

優海は、見つけた幸せの貝殻を私にくれた。だから私は、それを半分にして、かたわれを彼に渡したのだ。優海に持っていてほしい、と言って。

私はどうしても優海と幸せをわかち合いたかったのだ。優海が見つけた幸せを、私に与えてくれた幸せを、ひとりじめになんてできるわけがなかった。

私はゆっくりと身を起こし、砂の上にぺたりと座った。サンダルを脱ぎ捨て、爪先を水にさらしながら優海を見つめる。

優海も起き上がって私に寄り添い、ケースを開けた。右手でピンク色の貝殻のかたわれを取り出し、左手の指先で私のネックレスの貝殻をそっとつまむ。

ふたつを近づけ、そっと合わせると、ぴったりと重なり合った。

「……この前さあ、古典の授業で、貝合わせって習ったじゃん」

唐突に優海がそんなことを言うので、私は貝殻から目を上げた。

「昔の貴族のお姫様の遊び。貝殻の裏に源氏物語の絵が描いてあって、たくさんある貝殻の中から、同じ絵が描いてあって重ねたらぴったり合わさるペアを探すってやつ。凪沙、覚えてる？」

「覚えてるけど、どうしたの、優海が勉強の話するなんて。しかも、古典で習ったこと、そんな細かいところまで覚えてるの？」

優海らしくない言葉に、失礼を承知で驚いてしまう。すると彼は照れたように笑って、

「凪沙と俺みたいだなって思ったから、すげー感動して。だから覚えてた」

と答えた。それから、桜貝を離したりくっつけたりしながら続ける。

「こいつらってさあ、おんなじ大きさで、おんなじ形で、色も模様もおんなじだろ。世界中から同じ種類の貝殻を集めてきても、こいつとぴったり合わさるのは絶対にこいつしかいないわけじゃん。こいつらは絶対にこいつら同士でしか一緒になれない組み合わせなんだよな。それってすごくね？って思って」

「まあ……そうだね。だから貝合わせって遊びが成立するわけだし」

「うん。そんでさあ、思ったんだよ。凪沙と俺もそうだよなって。俺は凪沙じゃなきゃだめだし、凪沙も俺じゃなきゃだめだろ」

優海が確信に満ちた口調で言う。

「他の相手なんて、なんつーか、絶対に違うだろ。代わりなんて絶対いないじゃん。だから、俺たちは貝殻のかたわれとおんなじなんだなって思ったんだ」

私は黙って、優海の手の中のふたつの貝殻を見つめた。

左右対称の双子のような、同じ形、同じ色、同じ模様の貝殻のつがい。お互いにお互いとしか絶対に合わさらない、唯一無二のかたわれ。

「うん……そうだね。そうだ」

私は優海の肩に頬を寄せ、うなずいた。

たったひとりだけの、誰も代わりにはなれない運命の相手。私にとって優海はそういう存在だ。

そして、優海も同じように思ってくれているとわかる。彼の言葉が、表情が、行動が、態度が、仕草が、触れる指先が、すべてがそれを私に伝えてくれる。

私は優海の肩に頭をのせ、目を閉じた。打ち寄せる波の音と、優海の穏やかな呼吸の音が鼓膜を揺らしている。これ以上ないほど満ち足りた気持ちだった。

そっとまぶたを開けて、月を映す海を眺める。吹き抜けていく夏の夜風と、爪先をさらう水の冷たさが心地よかった。

月明かりを一身に浴びながら、私は海に向かって心の中で語りかける。

神様、ごめんなさい。前言撤回《ぜんげんてっかい》します。

私はやっぱり優海と離れることはできません。私と優海は、貝殻のかたわれ同士と同じだから。お互いに他の誰とも違うから。

だから、私のやり遂げたかったことは、どうやら無謀《むぼう》な試みだったようです。諦めて大人しく運命を受け入れます。

だからどうか、『運命の日』までこのまま静かに、彼と一緒にいさせてください。

ただそれだけでいいんです。

叶うのかわからない願いを、届くのかわからない祈りを、私は海と風に捧げた。

「今年も一緒に祭りに行こうな」

と優海は屈託なく笑っていた。私は言葉には出さずにうなずいた。

祭り本番に向けて、鳥浦のあちこちで灯籠作りが行われている。私も今、毎年の夏と同じように、おばあちゃんと一緒に灯籠を作っていた。

作り方はそれほど難しくはない。まずは木型を作り、刷毛《はけ》で糊《のり》をまんべんなく塗って、和紙を丁寧に貼りつけていく。乾いて固まったら、灯籠の完成。

素人なのでそれほど綺麗にはできないけれど、龍神祭の灯籠行列で使った後は、まとめて燃やしてしまうので、形になっていればいい。

このままの無地の灯籠を持って行列に参加する人もいるけれど、たいていの人は好きな絵や字で飾って使う。

私も毎年、おばあちゃんから頼まれて、絵の具で絵付けをしている。うまくはないけれど、絵を描くのは嫌いではないので、いつもこっそり楽しみにしていた。

「なぎちゃん、今年はなにを描くん？」

糊つけを手伝っている時に、おばあちゃんに訊かれた。

「うーん……どうしようかな」

前の夏はなにを描いたっけ、と考えてみるけれど、思い出せない。

どうせ私のことだから、いつものように思いつきで適当に描いていたのだろう。神様なんて信じていなかったから、なんだっていいやと思っていたのだ。

でも、今度はちゃんと意味のあるものにしたい。

黙々と刷毛を動かして糊を塗りながら、考えをめぐらせた。そしてひとつのことを思いつき、それでいこうと決心する。

うまくいくかはわからないけれど、きっと伝わる、と信じることにした。信じる者は救われる、のだ。

縁側に置いた蚊取り線香の煙が細くたなびき、懐かしいにおいがする。部屋の片隅の扇風機から、生ぬるい風が運ばれてくる。首筋をそよそよと吹いて、後れ毛が揺れるのを感じた。

座り込んだ脚に、畳の感触が涼しい。暑いけれど心地よい、海辺の夏。

私にとっては、これがきっと――最後の夏だ。

「――なぎちゃん？　どうかしたん？」

考え事をしていたせいか、手が止まっていたらしい。おばあちゃんが心配そうに顔を覗き込んできた。

「あ、ごめん。ちょっとぼーっとしてた」

「どうしたん、具合悪いん？」

「ううん、全然元気。宿題あとはなにがあるかなーとか考えてたら、上の空になっちやった」

「そうね、そんならいいけどね」

まだ少し心配そうな表情を浮かべているおばあちゃんは、ふいに腰を押さえながら立ち上がった。

「暑いから頭がぼうっとするんかね。麦茶持ってこようかね」

いいよ、私が行くよ、と制止する前に、おばあちゃんはさっさと台所に入ってしまった。

「はい、どうぞ」

「いただきます」

ことん、と置かれたグラスの中には、琥珀《こはく》色の麦茶と透明の氷。グラスを持ち上げると、氷がからころと鳴った。その音だけで涼しい。口をつけて一気に飲み干すと、しびれるほどの冷たさが喉元を駆け抜けていった。

「あー、やっぱ夏は麦茶だね」

少しこぼれた口元をぬぐいながら言うと、おばあちゃんが笑った。目じりにたくさんの優しい皺が寄る、いつも私を包んでくれた笑顔だ。

ふいに目頭が熱くなった。それを悟られないように、氷だけになったグラスを意味もなくあおる。唇に氷が触れて、冷たさに少し震える。

込み上げてきたものが治まってから、私はおばあちゃんに向き直った。

「おばあちゃん、ありがとね」

おばあちゃんは少し目を丸くして首をかしげてから、「どういたしまして」と微笑んだ。

きっとおばあちゃんは、ただの麦茶のお礼だと思っているだろう。それは仕方のないことだし、それでいいのだけれど、少しもどかしかった。

与えられた時間を、残された時間を、できる限り有効に使おうと思っていた。でも、それには条件も限界もあって、すべて思いどおりにするというわけにもいかない。もどかしいことばかりだった。

それに比例して、諦めていたはずなのに、執着のようなものが自分の中に生じ始めているのを、私は確かに感じていた。それでも、見て見ぬふり、気づかないふりをしていくしかない。

『運命の日』はもう、すぐそこにまで迫っていた。

「凪沙ー！　ごめん、遅くなった！」

校門前で大通りを行き交う車を見ながら立っていると、中から優海が大きく手を振りながら自転車で走ってきた。

「なんか練習終わりに急にミーティングすることになってさー、遅くなっちゃった」

キッとブレーキをかけて私の前に止まった優海が、申し訳なさそうにこちらを見る。

「そうだったんだ。お疲れ様」

「ありがと。こんな暑い中で待たせてごめんな、ほんと」

ぱんっと両手を合わせて頭を下げる彼に、私は「別にいいよ」と首を振った。

「木陰に入ってたからそんなに暑くなかったし。それより、早く行こ」

「おう、行こう行こう！」

塀に寄せて停めていた自転車を動かして、優海の後ろについて走り出す。

今日は、優海の部活終わりに学校で待ち合わせをして、駅前で一緒に昼ご飯を食べる約束をしていた。ちょうど私も提出物があって学校に来ることになっていたので、時間を合わせたのだ。

ふたりで自転車を走らせ、駅へと向かう。何気なく地面に目を向けると、白っぽいコンクリートの路面にくっきりと私たちの影が落ちていた。夏の影は本当に鮮明だ。陽射しが強いからだろうか。

私は目を細めて、ハンドルを握る両腕に突き刺さるような光を浴びせる太陽を仰ぎ見た。

夏の暑さも、陽射しの強さも、アスファルトの熱さも、影の濃さも、流れる汗も、湿る肌も、今の私にはすべてが惜しく、愛おしかった。

「なー、なに食いたいー？ 凪沙ー」

優海がちらりと振り向いて訊ねる。

「なんでもいーよ、優海が食べたいもので」

「そうか？ どうしよっかなー、ハンバーガー、牛丼、ラーメン、定食、あーでも冷たいもんもいいな。ざるそばとか冷やし中華とか。なにがいいかなー」

「候補多いなー」

車がほとんど通らない住宅地の生活道路に入ったので、少しスピードを上げて優海に近づく。

私の大好きな、優海と一緒に自転車を走らせる時間。これが最後になるだろうから、少しでも近くにいたかった。

悩んだ末、優海は駅前にあるイタリア料理のファミリーレストランを選んだ。安くておいしいので若者や子ども連れの家族に人気のチェーン店だ。

私はドリアを、優海はパスタとピザを注文し、さらにサラダも頼んでふたりで分けて食べることにした。

サラダを取り分けていると、優海が隣のテーブルの子どもに向かって「べろべろばあ」と舌を出して笑わせていた。

相変わらずだなあ、と微笑ましく思うと同時に、優海は自分の子どもが生まれたらすごく可愛がるんだろうな、と思って胸がちくりと痛んだ。

きっと、私がその姿を見ることはない。

「凪沙、どした？」

トングでレタスをはさんだまま物思いに耽っていた私を、優海が心配そうに覗き込んできた。私は笑みを浮かべ、「なんでもない」と首を振る。

「ちょっと考え事してた」

「ふうん？」

「シーザーサラダのシーザーってどういう意味かなって」

今まさに取り分けているサラダを指差しながら適当にごまかしを言うと、優海がきょとんとした顔をした。

「え、凪沙知らないの？　あれだよ、沖縄の家とかに置いてある犬みたいなやつ！」

予想外のおバカな答えに、私は呆れを通りこして吹き出した。

「なに言ってんの、あれはシーサーでしょ。これはシーザーサラダ」

「えっ、あ、そうなの？　そういえばそうかも」

「もー、ほんとバカなんだから……」

「えへへ、恥ずかしー」

「ま、いいんじゃない？　優海はそれで」

「お、めずらしい。いつもはもっと勉強しろって言うのに」

「や、勉強はしたほうがいいけど。まあ誰も優海に知識は期待してないから、たまにはおバカなこと言ってみんなを笑わせてあげればいいんじゃない？　いい癒しになってるよ、きっと」

「なるほど！　俺のバカにもそんな利点が！」

優海が嬉しそうに言った時、ちょうどドリアとピザが運ばれてきた。うまそー、と笑いながら優海がピザを切り始める。

「凪沙、ピザ食べてみる？」

ふいに訊ねられて、私はうなずいた。

「じゃあ、一切れもらおうかな」

「よっしゃ。じゃあ、こいつをやろう」

優海が取り皿にのせて私に渡してきた一切れは、いちばん大きくて具もたくさんのっているものだった。

「いいよ、こんな大きいのいらない。優海が食べなよ。そっちのちっちゃいやつちょうだい」

そう言って優海のほうに戻そうとしたけれど、彼はそれを押し返してきた。

「いーの。いちばんうまそうなとこ凪沙に食べてほしいから」

そう言われると無下に断るのも気が引けて、私はありがたくいただくことにする。そのお返しに、私は自分のドリアのいちばんおいしそうなところを取り分け、さらに優海の好きな海老を加えて彼に渡した。

「えー、めっちゃ贅沢《ぜいたく》なの来た！　凪沙優しいー！」

それはこっちの台詞《せりふ》だよ、と思う。

優海が純粋な優しさをくれるから、ひねくれ者の私も思わず優しさを返したくなるのだ。

これからも、優海に優しくされた人は、きっと彼にも優しくしてくれるだろう。そうだといいな、と願う。

「凪沙、見て見て」

また自分の考えの中に沈んでいた時、ふいに優海に呼ばれた。目を向けると、にいっと笑って歯を剥き出しにする。歯も歯茎も真っ黒に染まっていた。

一瞬止まってから「ガキか」と肩をすくめてやると、「びっくりしたー？」と嬉しそうに笑う。

「しないよ。優海がいかすみパスタ頼んだ時から、どうせやるんだろうなと思ってたし」

「マジかー。凪沙は俺のことなんでもわかっちゃうんだなー」

「あんたが単純なだけ」

「またまたー！」

優海はいつでも、なにを言われても楽しそうだ。前にそう言ったら、『凪沙といるだけで楽しいからだよ』と答えられてリアクションに困ったので、もう言わない。

「ふー、腹いっぱい。ごちそうさま」

食べ終えた優海は、手を合わせて軽く頭を下げた。少しして私も食事を終えて、伝票を持ってレジに向かう。

会計を終えて立ち去る時、優海はレジ係のおじさんに笑顔を向けた。

「ごちそうさまでした！　おいしかったです！」

おじさんは一瞬目を丸くしてから、「ありがとうございます」と丁寧に頭を下げた。

こういうチェーンのファストフード店で、『ごちそうさま』だけでなく『おいしかった』まで言う人を、私は優海以外に見たことがない。

だからいつも店の人に少しびっくりされるのだけれど、私はそんな優海を尊敬するし、自慢にも思っている。

昼食を終えて、駅ビルの服屋や雑貨屋を少し散策してから、鳥浦に戻ってきた。

なんとなく離れがたくて、どちらからともなく自転車を降り、並んで押しながら海沿いの道を歩く。

防波堤の下には、テトラポットが無数に置かれていた。打ち寄せる波が当たって砕け、白く散っていく。

どこから降りたのか、テトラポットに乗って釣り糸を垂らしている人もいた。その姿を見ていると、胸がざわざわと騒ぎ出す。軽い吐き気と頭痛が襲ってきて、釣り人から目を逸らした。しばらく深呼吸をしていたら、吐き気は治まった。

思ったよりも長い時間遊んでいたので、すっかり遅くなってしまって、もう夕飯時だ。どこからかおいしそうな煮物のにおいが漂ってくる。

ぼんやりと海を見ながら歩いていたら、いつの間にか少し前を歩いていた優海がいきなり立ち止まり、ぶつかりそうになった。

「凪沙、大丈夫か？」

眉をひそめて優海が訊ねてくる。

「なんか元気ない。どうした？」

相変わらず、こういう時だけ鋭い。私は「そう？」ととぼけて、「お腹空いてきたからかな」と答えた。

「それならいいんだけど……」

絶対に信じていなさそうな顔でつぶやいて、優海はまたゆっくりと歩き出した。

しばらくして、分かれ道に着いた。いくら自転車を降りて歩いたって、小さな町ではすぐに終わりがくる。

あっという間だったなあ、と思いながら、私は足を止めて優海を見た。

でも、私が「じゃあね」と口を開く前に、優海が「送ってく」と言った。

一緒に帰る時、彼はいつも私を家まで送ろうとしていたけれど、わざわざ遠回りをしてもらうのも申し訳ないので毎回固く断っていたら、最近は言わなくなっていた。

それなのに、なんで今日に限って。

そんな言葉を呑み込んで、私は笑って言う。

「いいって。家すぐそこじゃん。優海疲れてるでしょ、早く帰ったほうがいいよ」

今度こそ「じゃあ」とはっきり言って、優海に向けて手を振った。

「やだ」

いつになく頑なな声音で優海がつぶやく。

「送る」

彼がこうなったら、こちらがなにを言っても聞かないのはわかっているので、あっそ、と答えて家へ向かって足を踏み出した。

家までの道を、無言のまま歩く。背後の優海も黙々とついてくるだけだ。

よかった、なにか言われたら決心が鈍ってしまっていたかもしれない。

門の前に着いて、ふっと息を吐いた後、勢いよく振り向いた。

優海が瞬きもせずにじっとこちらを見ている。私も同じように見つめ返してから、ゆっくりと口を開いた。

「……ばいばい、優海」

それと同時に踵を返して、門戸を開けようとした。

次の瞬間、駆け寄ってきた優海に手首をつかまれた。

「なんだそれ」

見たこともないほど険しい顔つきで、優海が私を見ていた。逸らすことなどとうていできないほど、強いまっすぐな視線。

「どういうことだよ、凪沙」

「は……？」

彼の手を振り払おうと、力を込めて腕を引いたけれど、びくともしない。

「今、ばいばいって言ったよな？　なんでだよ」

「なんでって……別れ際だからだよ。普通じゃん」

そっけなく答えた瞬間、「違う！」と叫び返されて、肩がびくりと震えた。優海がこんなに声を荒らげたのを聞くのは初めてだった。

「普通じゃない……凪沙はいつも、じゃあね、またね、って言うだろ！」

「え……」

絶句する私に、優海は確信に満ちた口調で断言した。

「凪沙は、今まで一回も俺に、ばいばいなんて言ったことない」

驚きを隠せなかった。

そうだっただろうか。自覚がない。

ごまかす言葉が見つからなくて黙っていると、優海の顔が徐々に歪んできた。

「凪沙がまたねって言ってくれるのを聞くたび俺は、凪沙とまた会える、嬉しい、って思ってた」

ぐ、と優海の手に力が入った。

「凪沙は、凪沙だけは絶対に俺の前から消えたりしないんだって……明日になったらまた会えるんだって……よかった、って思ってたんだ」

目の奥がぎゅっと引き絞られたように痛んで、目頭が熱くなった。

知らなかった、優海がそんなことを考えていたなんて。

気づかなかった、自分が別れの言葉を言わないようにしていたなんて。

家族を突然の事故で失ってしまった彼に、無意識のうちに伝えようとしていたのかもしれない。私はいなくならないよ、と。それなのに。

「なのに、なんで今、ばいばいって言ったんだ？　『また』がないってことか？」

「……」

「もう会えないから、今日でお別れだから、またねって言わなかったんじゃないのか？」

そんなつもりはまったくなかった。いつもと同じように振る舞っていたつもりだった。

でも、私のことに関してだけ敏感で鋭い優海は、些細なことがきっかけで気がついてしまったのだ。

優海には、優海だけには、嘘はつけない。ごまかしはきかない。

じわりと視界がにじんだ。

「どういうことだよ……もしかして凪沙、どっか行っちゃうのか？」

優海の苦しげな表情と絶望的な声、震える手……私の我慢は一瞬で崩れ落ちた。

「……の」

思わず、言ってしまった。でもその言葉は声にはならず、微かに私の口元の空気を震わせただけだった。

ぽたりとひとつぶ、涙がこぼれ落ちた。それを自覚したと同時に、涙がぽろぽろとあふれ出して、

「──うあぁ……！」

堪えきれなくなって、喉から声が飛び出した。

「凪沙……」

泣きじゃくる私に、優海が目を見開いた。

次の瞬間、強く抱きすくめられる。大好きな腕に包まれる安心感で、私の涙は一気に噴き出した。優海の胸にすがりながら、声を上げて泣く。

でも、視界の端に映ったおばあちゃんの洗濯物が、私のなけなしの理性を刺激した。

「……場所、変えよう。ここじゃ、話せない」

嗚咽まじりに切れ切れに言うと、優海が私を抱きしめたままうなずいた。

「後ろ、乗って」

優海が自転車のサドルにまたがり、私を荷台に座らせた。

二人乗りはしちゃいけない、と学校で習ったけれど、どうか今日だけは特別に許してほしい。私はもうこれ以上、自分の足で立っているのさえ難しかった。歩くこともできないのに、自転車なんてこげるわけがない。優海がいないと、どこにも行けない。

海に向かって自転車を走らせる彼の背中に、ぴったりと頬をつける。

いつの間にか時刻は夜に近づき、ずいぶん低くなった太陽が放つ光に、夕焼けの気配を感じた。

第九章　胸の音

優海が私を連れてきたのは、あの桜貝の砂浜だった。自転車を停めて防波堤の階段を降り、浜に出る。

ふたり肩を寄せ合い、波打ち際に腰を下ろした。優海は黙ったまま、私の手を自分の両手で包み込む。私が泣きやみ、話し出すのを待ってくれているのだろう。

低くなるに従って大きさを増していく夕陽を見ているうちに、涙が引いてきた。寄せては返す波が、白い飛沫を私たちの足元に散らしている。

真珠のような海の雫を見ていたら、自然と言葉がこぼれ落ちた。

「──死ぬの」

今度はちゃんと声になった。波の音にも負けないくらいはっきりとした声だったと思う。

でも、優海はよく聞こえなかったのか、それとも聞き間違いだとでも思ったのか、

「え？」と訝《いぶか》しげに私を見た。

私は深く息を吐いてから、彼の目を見てきっぱりと言った。

「私、もうすぐ死ぬの」

声が震えないか心配だったけれど、大丈夫だった。どうやらもう覚悟は決まったらしい。

「……は？」

やっと私の言葉の意味を理解したらしい優海は、それでもやっぱり信じられないという表情をしていた。

「え、え、え？　ちょっと待って、わけわかんないんだけど。どういうこと？」

ぐしゃぐしゃと髪をかき乱しながら動揺を隠さない彼に、私はまた同じことを繰り返す。

「だから、私はもうすぐ死ぬって決まってるってこと」

淡々と話さないと、一気に堤防が決壊してしまいそうだったから、とにかく平坦な口調を心がけた。

「もうすぐ私の寿命が終わる。それは絶対に決まってるの」

優海の顔からみるみるうちに表情が抜けていき、紙のように真っ白になった。マネキンにでもなったかのように固まり、言葉を発しない。

しばらくしてから、消え入りそうな声で彼が言った。

「……病気？」

そうか、こういうふうに言うとそう思われるのか。私はふるふると首を振った。

「違うよ。どう見たって元気でしょ。いたって健康体です」

「じゃあ、なんで……」

つぶやいた優海が、はっと目を見張った。

「まさか、自殺するつもりなのか……!?」

私はふっと笑みをこぼして、また首を振った。

「自殺なんかするわけないじゃん」

途端に優海が少し安堵したように息をついた。

「だよな……。もしかして、誰かに狙われてるのか？　ストーカーか？」

「あはは、ないない。あるわけないじゃん」

軽く笑ってから、私はまたひとつ深呼吸をして、真実を告げる。

「事故だよ、事故。ただの事故」

「事故……？」

優海が眉をひそめる。

それはそうだろう。もうすぐ事故で死ぬ、なんて、わけがわからないことを言っている自覚がある。でも、本当のことなのだ。

「あのね……優海」

「うん……」

「今から私、すごい変な話するよ。ありえない話。でもね、本当のことなの。信じられないかもしれないけど、でも――」

「信じるよ」

予防線を張る私の言葉をかき消すように、優海は言った。

「信じる。凪沙の言うことならなんだって信じる」

私は思わず笑いながら、心の中で少し呆れた。

だから言ったじゃん。そんなだから、優海は——。

「絶対信じるから、話して」

優海は私の手を痛いくらいに握りしめながら言った。

私はこくりとうなずいて、海のほうへ目を向ける。赤みを帯びてきた太陽が、少しずつ水平線へ近づいていた。風が吹いて海のにおいが濃くなる。

私はゆっくりと瞬きをしてから、前を向いたまま口を開いた。

「私ね……もう死んでるの。一回死んだの」

隣の優海が身じろぎするのがわかった。私は彼の手を握り返し、微笑んで言う。

「今年の龍神様の祭りの日……、私は死んだの」

優海が眉根を寄せた。

「どういうこと……祭りは明後日だろ？」

「そう。明後日の祭りの日に、海で溺れて死んだの」

「……え？」

「だから、今の私は、たぶん……幽霊ってやつなんだと思う」

優海が目を見開き、呆然と私を見た。

「一度死んで、幽霊になって戻ってきた、って言ったらわかりやすいかな……」

誰にも言わなかった、言えなかった話を、私はぽつぽつと語り始めた。

＊＊＊

その朝私は、祭りを控えて浮かれる町の中を、自転車で走っていた。駅の近くにある店で買い物をするためだった。

海沿いの国道に出た時、いつものように釣りをしている人たちが何人かいるのが見えた。それをぼんやり見ながら走っていた、その時だった。

幼い子どもの泣き声が聞こえてきたのだ。

私は反射的に自転車から飛び降り、声の聞こえてきたほうに走った。そこには、幼稚園くらいの男の子がいて、沖のほうに伸びた堤防に四つんばいになり、海を見下ろしながら泣いていた。

どうしたの、と訊くと、嗚咽をこらえながら海を指差し、『お兄ちゃんが落ちた』と言った。

ざっと血の気が引いた。

海面を見ると、小さな靴が一足、ぷかぷかと浮かんでいた。

『あれ、お兄ちゃんの？』

訊ねると、男の子は泣きじゃくりながらうなずいた。

それを見た瞬間、私は海に飛び込んだ。

海辺の町で育ったから、泳ぎには自信があった。でも、服を着たまま飛び込んだのは初めてで、夏服とはいえ思った以上に身体が重くなった。

それでもなんとか必死にもがきながら水の中を見渡して、海底に沈んでいこうとしている小さな身体を見つけた。

一度海面に上がって大きく息を吸い込んでから、底に向かって一直線に潜り、男の子の腕をつかんだ。すでに水を飲んで意識を失っていたのか、力のまったく入っていない身体だった。

そのまま一気に海面に上昇しよう、と思っていた。でも、服を着たまま泳いで他の人の身体を引っ張り上げるというのは、ひどく難しいことだった。

もがいても、足掻《あが》いても、ほとんど前に進めなくて、少しも上がれなくて、さっき飛び込んできたばかりの海面が驚くほど遠く思えた。

息が苦しくて、頭に靄《もや》がかかったようになって、パニックになっているのを自覚した。空気が欲しくて欲しくて気が狂いそうだった。

一瞬、この手を離せば楽になれる、と思った。でも、海中を力なく漂っていた幼い身体と、泣きじゃくっていた男の子の顔が浮かんで、離すことはできなかった。

気の遠くなるほど長い時間、まとわりついて押し潰して沈めようとしてくる水の中で必死に足掻き、やっとのことで海面が近づいてきた。

その時、大量の泡とともに大きな影が飛び込んできた。男の人だった。たぶんこの子のお父さんだろう、と思った。

私は力を振り絞って、男の子の身体を彼のほうに押し出した。彼は必死の形相で男の子を抱え込み、すぐに海面へと上がっていった。

これでもう大丈夫だ、と思った瞬間、糸が切れたように身体にまったく力が入らなくなって、もう一ミリも動けなくなった。

空気を求めて開いた口の中に、ごぽりと大量の水が雪崩《なだれ》込み、そのまま喉へ気管へ肺へと流れ込んでいった。

そこで私の意識は途切れた。

次に気がついた時、私は身体を失い、ゆらゆらと宙を漂っていた。

自分がどうなったのかも、なにをしているのかも、どこにいるのかもわからなくて、ただぼんやりと浮いていた。

ただ、遠くにまばゆい光があって、あそこに行くべきなのだということだけはわかった。

ふわふわとそちらへ向かおうとしていた時だった。ふいになにかが弾けたような感覚があり、すると突然強い風が吹いて、私は一気に押し流された。

運ばれた先は、優海の家だった。

だんだんと頭がはっきりしてきて、私は優海を探して家の中をさまよった。そして、薄暗い部屋の隅に彼を見つけた。

身体のどこにも力が入っていないように、ぐにゃりと不自然に身体を折り曲げて、半分倒れ込むように壁に背をもたれて座っていた。まったくなんの感情もないまっさらな顔をして、呆然と口を半開きにしたまま、瞬きさえしていなかった。

死んでいるんじゃないかと思ったけれど、指先がぴくりと動いたので、生きているのだとわかった。

生きているけれど、死んでいる。そんな言葉がぴったりだった。

ああ、こんなふうになってしまうのか、と思った。私が死んだら、優海はこんなふうになってしまうのか。これではきっと、生きていけない。優海はこのままでは、もう生きていけない。

力なく開いた優海の手のひらには、桜貝のかたわれがのっていた。それを見た瞬間、嵐のような後悔が私を襲った。

私は死んだらいけなかった。優海のために、死んだらいけなかった。彼を置いて死んだりしたらいけなかった。

それなのに、死んでしまった。優海をこんなふうにしてしまった。

燃え尽きた灰のように色も生気も失ってしまった彼を見て、胸が張り裂けそうなほど苦しかった。

私は死ねない。このままじゃ死ねない。まだ消えるわけにはいかない。

声にならない声を上げて、私は叫んだ。

その瞬間、目の前で光が弾けて、なにも見えなくなった。

真っ白になった視界がしばらくして色を取り戻した時、私は海の中にいた。目の前には、龍神様の石があった。そして、声が聞こえてきた。

『あなたの心残りはなんですか』

どういう状況なのかもつかめなかったけれど、私は『優海』と即答した。

『優海をひとりにしてしまったこと』

そう答えてから、少し考えてさらに言った。

『優海と近くなりすぎてしまったこと。優海をひとりでは生きていけなくしてしまったこと』

こんなことになるなら、優海とずっと一緒に生きることができないのなら、私は彼と想いを通じ合うべきじゃなかった。いつも隣にいて、彼が私なしでは生きられないようになんて、するべきじゃなかった。いつでも離れられるように、もっと距離をとっておくべきだった。

バカな私は、思い込んでいたのだ。優海とずっと一緒にいて、一緒に年をとって、一緒に死んでいけるのだと。

そんなはずはないのに、永遠に一緒にいることなんてできるわけがないのに、そう思い込んでしまっていた。だから、こんなにも優海を苦しめることになってしまった。

全身がちぎれそうなほどの激しい後悔だった。

すると、龍神様が言った。

『ならば、やり直すための時間をあげましょう。未練を消せるように、成仏できるように、死に直してきなさい』

私は驚いて、どうして、と訊ねた。

『あなたは欠かさず祠を参り、供え物をしてくれた。だからひとつだけ、あなたの願いを叶えましょう』

それから龍神様の声は、『次は後悔のないように死になさい』と言い残して消えた。

私はそこで気を失い、目が覚めた時には、死んだ日の一カ月以上も前に戻っていた。

そして、自分の死ぬ日を忘れないためにカレンダーに印をつけて、その日までに優海と離れて彼をひとり立ちさせる、という決意をしたのだ。私が死んでも大丈夫なように。ひとりでも生きていけるように。

＊＊＊

「――はあ？　なんだよ、それ……」

それが、私の話を聞き終えた時の優海の言葉だった。

それもそうか、と思った。さすがの優海も、こんな話は信じられなかったか。一度死んだとか、神様に会ったとか、時間が戻ったとか、いくらなんでもあまりに非現実的だ。

わけのわからない話をして騙すつもりか、と怒ったのかもしれない。

『……なんちゃって。嘘、嘘。冗談に決まってるじゃん。信じた？』

そう言ってごまかそうとした、その時だった。

「凪沙……っ」

泣きそうな声とともに、強く、息もできないくらい強く、優海の腕に抱きしめられた。

「怖かっただろ……」

耳元で囁く声。

「は？　なに——」

「だって、凪沙、自分が死ぬってわかって生きてたんだろ。何月何日に死ぬって知ってんのに、普通に生活してたんだろ」

その声は、まるで自分のことのように苦しそうだった。

「死ぬ日がわかって生きるって、それってめちゃめちゃ怖いじゃん……。それなのに凪沙、誰にもなんにも言わずに、弱音吐かずに、ひとりで耐えてたんだろ。怖かったよな……。ごめんな、気づいてやれなくて」

優海の言葉で、初めて気がついた。

そうだ、私は怖かったのだ。

自覚した途端に、目頭が熱くなった。

そうだ、怖かった。私はずっと怖かった。

あの朝、目が覚めた瞬間、心臓が破裂しそうなほどの激しい動悸に襲われた。死んだ時のことをはっきり覚えていて、経験したこともない苦しみを鮮明に思い出してしまったのだ。

一方、心のどこかでは、悪い夢なんじゃないかと思っていた。変な夢を見てしまっただけなんじゃないかと。約一カ月後に自分が死ぬなんて、あまりにも現実感がなかった。

それでも、日々を過ごしていくうちに、記憶のとおりの出来事が次々に起こっていった。目覚めた日、優海が先生の呼び出しを忘れて怒られたことを、私は確かに覚えていて、その理由も知っていた。その時はまだ心のどこかで、予知夢みたいなものかもしれないと自分に言い訳していたけれど、改訂された後のテスト範囲を真梨に教えてしまった時に、今までのことはやっぱりデジャヴなんかではないと、確信した。

私は確かに未来を知っている、と悟った。私の記憶にあることは確実に起こるのだと。期末テストで優海が赤点をとって夏の大会の試合に出られず、そのことを悔やんで泣きじゃくることも、私が溺れた子どもを助けて力尽きて死んでしまうことも、すべて今から現実に起こるのだと。

記憶の中にあることが現実になるたび、確信を深めるとともに、だんだん怖くなってきた。

もうすぐ死ぬのだと、またあの苦しみを経験しなければならないのだと思うと、怖くて怖くて、夜中うなされて何度も目が覚めることもあった。

死ぬまでの時間を、優海ともう一度ちゃんと過ごせることが嬉しい一方で、怖くて仕方がなかったのも確かだった。

「偉かったな」

ぽんぽん、と背中を撫でる優海の手のひらのぬくもりを感じた瞬間、涙腺が崩壊したようにぶわっと涙があふれ出した。

「怖かったのに、俺のためにがんばってくれたんだよな。期末テストの時厳しくしたのも、別れるって言ったのも、全部俺のためだったんだな。ありがとな、凪沙……」

違う、優海のためじゃない。私は全部自分のためにやったのだ。後悔する優海を見たくなくて、必死に勉強を教えた。悲しむ優海を見たくなくて、先に別れようと思った。

優海を残して死ぬことが我慢できなくて、せめて優海の私に対する依存を軽くしてから死にたいと思ったのだ。そうじゃないと死んでも死にきれないと思ったから、自分の後悔を少しでも減らしたくてやったのだ。

自分が嫌な思いをしないため。結局は自分のためだった。

だから、優海のせいじゃないよ。

そう言いたかったけれど、次から次にあふれてくる涙が邪魔をして、声にならなかった。私は子どものように大声を上げて泣き続けた。

「怖かったな……がんばったな……ごめんな……ありがとな」

耳元で繰り返される優海の囁きを聞くたびに、そのぬくもりを感じるほどに、私の心は落ち着いていき、しばらくしたら涙も引いてきた。

そうして、認めざるを得なくなった。

優海が私を好きすぎたから、依存して頼りきりだったから、このままでは死ねない、と私は思っていた。

でも、本当は違ったのだ。

優海は強い。家族みんなを不条理な形で失っても、神様を信じて、純粋な心を失わずに、まっすぐ前を向いて生きられるくらいに強い。

私が死んだって、きっと優海はちゃんと生きていけるはずだ。

本当は私のほうこそ、優海のことが好きで好きで、優海のまっすぐな強さに頼りきりで、優海の底なしの優しさに包まれて守られて、彼に依存していたのだ。

私は、優海がいないと生きていけない。ひとりではいられない。それほど、彼に依存していた。

優海がいないとだめなのは、私のほうだったのだ。

ずっと一緒にいるのが当たり前だと思っていた彼と離れるのが寂しくて寂しくて、かたわれを失ったままひとりでなんていられなくて、だから私はその未練に縛られて、死を受け入れることができなかった。

この二度目の夏は、本当は私がちゃんとひとりで死ねるようになるための、優海と離れる覚悟を決めるための時間だったのだ。

ゆう、と涙声で囁いて、私は彼の胸にすがった。

優海は私を抱きしめたまま、励ますように何度も何度も背中をさすってくれた。

心地よい優しさ。このぬくもりに包まれて、親に捨てられた絶望と孤独に震えていた私は、やっと息ができるようになったのだ。

「ありがと、優海」

すっかり気持ちが落ち着いた私は、そう言って顔を上げ、身を離した。

優海の顔を見上げると、澄みきったまっすぐな瞳が、穏やかな笑みを湛えた唇が、やわらかい頬が、オレンジ色に染まっている。

振り向くと、大きな大きな夕陽が水平線に沈もうとしていた。綺麗だな、と見つめていた時、ふいに背後から覆いかぶさるように抱きしめられた。

「安心して、凪沙」

優海が私の肩口に顔を埋めて、ぎゅうっと腕に力を込める。

「絶対に、凪沙を死なせたりしないから」

私は目を見開いて後ろへ視線を向けた。俯いた優海のふわふわの髪が、海風に踊っている。

「もう怖がらなくていいからな。俺が絶対に凪沙を助けてやる」

「……なに言ってんの。私はもう死ぬって決まってるんだってば」

「いや、死なない。俺が助けるから。なにがなんでも凪沙を死なせたりしない」

私は言葉を失った。

優海が顔を上げて、まっすぐに私を見た。それから頬を寄せて、決意に満ちた声で言う。

「祭りの日に溺れちゃう子を、溺れないように注意すればいいんだ。それでも溺れちゃったら、俺が潜って助ければいい」

「……」

「凪沙を助けるためなら、俺はなんでもやる。なんだってできるよ。絶対に死なせない。凪沙を怖い目になんて遭わせない」

私は海のほうへと視線を投げた。とろけそうな夕陽が、じわじわとにじんでいく。

頬を伝う涙は温かかった。

「もう苦しい思いなんてしなくていいよ……。だから、安心して」

ありがと、と私は小さく言って、優海に頬擦りをした。

「……こんな話、よく信じる気になったね」

ぽつりと言うと、優海は不思議そうに首をかしげた。

「当たり前じゃん。凪沙の言うことならなんでも信じるって言っただろ」

私はふっと笑って彼の頬をむにっとつねる。

「優海は私のだけじゃなくて誰の話でも信じるじゃん。そんなんじゃいつか悪いやつに騙されちゃうって」

「いいよ。その時は凪沙が助けてくれるだろ」

「……ったく、他力本願《たりきほんがん》だなあ」

「その時のためにも、凪沙がいなくなったら困る。だから、明後日は全力で助けるからな！」

私は「バーカ」と笑ってうつむいた。

『俺が凪沙を助ける』。

その言葉がどれほど嬉しかったか、優海にはわかるだろうか。

私の話を聞いたら彼ならそう言うかもしれないと、予想はしていたけれど、実際に迷いなく真剣に言ってくれるのを聞いたら、震えるほど嬉しかった。

優海が言うと、本当に助かってしまう気がするから不思議だ。それは優海が、本当にまっさらな気持ちで私を助けると言ってくれていて、心の底から私が助かると信じきっているからなんだろう。

彼の言葉を聞いていると、そのぬくもりに包まれていると、私がもうすぐ死んでしまうなんて、やっぱり悪い夢にしか思えなくなってくる。

「凪沙がいなくなったら困る。生きていけない。だって凪沙は、俺のかたわれだから」

優海の指が、私の胸元の桜貝にそっと触れた。

「だって、約束しただろ？　俺と凪沙は、貝殻のかたわれみたいに唯一の存在だから、絶対に離れないって。一生一緒にいようって」

――桜貝の約束。

将来お互いの身に起こることなんてなんにも知らなかった、幼くて純粋だったあの頃、優海が見つけた幸せの貝殻。それを迷いなく私にあげると言った彼に、私はその半分を渡して言った。

『こっちは優海が持ってて。優海にも幸せになってもらわなきゃ困る』

それから数年後、親戚の家に引き取られていた優海が鳥浦に戻ってきて、好きだと告白されて付き合うことになった。その時、この砂浜でお互いの貝殻を交換して、誓ったのだ。

『一緒に幸せになろう。永遠に一緒にいよう』

それが、私たちの交わした〝桜貝の約束〟だった。桜貝がもたらす幸せを、ふたりで一緒に。

「あの約束を守るために、俺は凪沙を絶対助ける。だから、これからもずっと一緒にいてよ……凪沙」

うん、と小さくうなずいて、私はまた海へと目を向けた。

じわじわと沈んでいく真夏の太陽。

ああ、今日が終わる、と思った。

一日の命を終えようとしている太陽は、最後にありったけの力を振り絞るかのようにまばゆく輝いている。まるでこの世界のすべてを燃やしつくしてしまいそうなほどの鮮烈な光。それを受けて、海も空も雲も砂も、なにもかもが、目も眩《くら》むような鮮やかなオレンジ色に染まっていた。

この世の果てのような景色の海を見ながら、私は頭をずらして、優海の胸に耳を寄せる。優海の鼓動が、私の鼓膜を優しく揺らした。あたたかくて、優しくて、安心して、泣きたいくらい幸せだ。

私は目を閉じて、心の中で優海に語りかける。絶対に彼には聞こえないからこそ言える、たくさんの想い。ゆっくりとまぶたを上げて涙ににじむ目で夕陽を見つめながら、その中のいちばん大事なことだけを、言葉にして彼に伝える。

「ごめんね、ありがと。優海、大好き」

優海はなにも言わずに、ただ私を抱きしめ、優しいキスをした。

「ただいまー。遅くなっちゃった」

家に帰って、居間でテレビを見ていたおばあちゃんに声をかけた。

「おかえり、なぎちゃん。優海くんと出かけとったんでしょう」

「うん。帰りに寄り道して遅くなっちゃった、ごめんね」

「いいよぉ、そんなん。楽しかったね？」

「うん！」

私が大きくうなずくと、おばあちゃんは「そうね」と嬉しそうに笑った。

「さて、晩ご飯の準備しようかね」

「あ、私も手伝うよー。着替えてくるからちょっと待ってて」

部屋に戻って荷物を置き、部屋着に着替えて台所に入ると、おばあちゃんと並んで晩ご飯を作った。

あの日目を覚ましてから、おばあちゃんと暮らせる時間も限られていることを知って、できる限り手伝いをして時間を共に過ごすようにしてきた。それでも、やっぱり日々はあっという間に過ぎてしまった。

皿に盛りつけ、食卓に運び、向かい合って「いただきます」と手を合わせる。

「んー、おいしい！　おばあちゃんの料理、ほんとおいしいよね」

「あらまあ、ありがとね」

「私のほうこそ、いつもご飯作ってくれてありがとう」

一度目の夏では、まさかおばあちゃんとあんなに早く別れることになるとは思っていなくて、日頃の感謝を伝えることもできていなかった。だから、二度目の夏は、『ありがとう』をできるだけたくさん言うようにしていた。

「なぎちゃんも大人になったねえ」

おばあちゃんが味噌汁をすすりながらしみじみと言った。

「この間まで幼稚園だったような気がするのに、あっという間だねえ。きっと気がついたら成人式なんだろうねえ……」

少し寂しそうに言うおばあちゃんに、私は「まだまだ先だよ」と笑って答えた。

「でも、本当におばあちゃんには感謝してるよ。いきなり連れてこられて、しかもお母さんはいなくなっちゃって、それなのにここまで育ててもらえて、本当に私は幸運だったなって思う」

「そんなの当たり前よお、可愛い孫なんだから」

「ううん、本当におばあちゃんはすごいなって思う。今までありがとね」

これからもよろしく、と付け加えると、おばあちゃんは「もちろんだよ」と笑った。

こんなに喜んでくれるのなら、これまでもいくらでも機会はあったんだから、たくさんたくさん『ありがとう』を伝えておけばよかったな、と悔しく思った。

そして食事の後片付けを終えて、部屋に戻る前。

私はおばあちゃんの前に正座して口を開いた。

「あのね、おばあちゃん。お願いがあるんだけど……」

町のみんなが寝静まり、鳥浦が闇と沈黙に沈む頃。

こっそりと家を抜け出して夜の海に行き、家に戻ってきてから、私は部屋で龍神祭の灯籠と向き合っていた。

今夜中に絵付けを終わらせなければいけない。

中学の時使っていた画材入れを持ち出してきて、パレットに絵の具を絞り出す。それから水を含ませた筆で、灯籠の和紙に色をのせていく。

描くものは決まっていた。夜の海と月の砂浜だ。

紺色の海、藍色の夜空、白い満月と星、月光に輝く砂浜。

それから、ピンク色の絵の具で桜貝を描き、最後に黒で大事なものを書き加えた。

これで完成だ。

灯籠の中に、火を灯したろうそくを入れて、部屋の照明を消す。真っ暗闇の中で煌々《こうこう》と光を放つ温かいオレンジ色の灯火。そして浮かび上がる思い出の砂浜。

うん、いい感じ、と私はひとり微笑む。

今まででいちばんの出来だった。

第十章　祭の前

翌朝、朝食を終えた私は、おばあちゃんに「優海と会ってくるね」と伝えて家を出た。昨日の別れ際に、優海が『明日、朝一でうちに来て』と言ってきたのだ。

『作戦を立てよう』

今までに見た彼の表情の中で、いちばん真剣な顔つきだった。

『その子が溺れた時間と場所、凪沙が見つけた時のこと、覚えてること全部きっちり教えて。どうやったら溺れるのを阻止《そし》できるか、っていう作戦が大事だろ』

その作戦を練るために、優海の家に来てほしいというのだ。うちで話をするとおばあちゃんに聞かれてしまうかもしれないから、という彼の気遣いだった。

『あと、もしも溺れちゃった時のために、助けるために必要なものとか揃えとかないと。作戦会議が終わったら、買い出しに行こう』

買い出し、という妙に楽しそうな表現がおかしくて、私は思わず笑ってしまった。

『本当は今日やっときたいけど、タエさんが心配するから、凪沙はとりあえず帰らなきゃな。続きは明日の朝にしよう』

正直、優海がこんなにちゃんとリーダーシップをとれるとは思っていなくて、驚いた。やるべきこと、必要なものを考えて、それを実行するための筋道を立てることができる。

ずのほほんとしていると思っていたけれど、本当はすごくしっかりしているのだ。

っとひとりで生活してきているのだから、当然かもしれない。

『じゃあ、時間は朝九時にしよう』と私は提案した。

海沿いの道を自転車で走りながら、手首の腕時計をちらりと見て時間を確認した。優海との約束の時間まで、あと二十分。

彼の家までは五分とかからないのに、こんなに早く家を出たのには、もちろん理由があった。

もう一度時計を見る。たぶんそろそろだな、と海へ視線を向けた。

堤防の先端のほうで一心に海を見つめながら釣竿を動かしている男性。その後ろでじゃれあっている幼い兄弟。彼らは追いかけっこを始め、こちらに向かって走ってきた。父親は彼らが離れていくことに気がついていない。

せめてライフジャケットを着させていれば。でも、それは今さら思っても仕方のないことだ。

さあ、と心の中で自分に声をかけた。目を閉じて、深く息を吐いてから、ゆっくりとまぶたを開けた。

自転車を放り出して防波堤の階段を降り、船着き場を駆け抜ける。堤防に向かって一直線に走る。

男の子がつまずき、弟に追いつかれそうになって、体勢が整わないまま慌てて方向転換する。勢い余ってよろけて、足を踏み外し、堤防から落下する。

私は、驚いて泣き出した弟の側まで必死に走り、そのまま海の中へと飛び込んだ。

一瞬にして世界が青くなり、水に包まれる。

必死に目を開いて、首をめぐらせて男の子の姿を探し出した。すでに気を失って沈みかけている小さな身体を抱え込み、海面へ向かって手足を動かす。

光の網に包まれながら見る海面は、思った以上に遠くて、ちゃんと辿り着けるのかと不安に襲われる。わかっていたはずなのに、思うように動かない身体に気が動転し、息が苦しい。

あと少し、あと少しだけがんばれ、私。ここで失敗したら意味がない。この子を助けないと意味がない。

足掻いて足掻いて、やっとのことで海面近くまで来た。その瞬間、男の子のお父さんが飛び込んできた。引き渡して、ほっと安堵した途端、力が抜けた。

ごぽっと空気を吐き出す。口から出た透明な泡が、海面へ向かってゆっくりとのぼっていく。その後一気に海水を飲み込んでしまい、肺まで水で満たされるのがわかった。火がついたように喉や気管が痛くて、気が遠くなっていくのを自覚した。もうだめだ。

全身を泡に包まれながら、海底へと向かって緩やかに沈んでいく。そのうち意識が薄れていき、苦痛も和らいできた。

ねえ、優海、と心の中で呼びかける。

優海、ごめんね。嘘だったんだ。

祭の日に死ぬって言ったけど、本当は祭りの前日——今日だったんだ。

私が死ぬって言ったら、きっと優海は助けようとするだろうなって、運命を変えようとするだろうなって思ったから、嘘ついちゃった。ごめんね。優海が私の言うことは全部信じるってわかってたから、それを逆手にとっちゃった。

ほらね、何度も言ったでしょ？　そんなに簡単に人の言うことを信じてたら、いつか悪いやつに騙されちゃうよって。あれ、私のことだったんだ。騙してごめんね。

だって、神様に言われたんだ。運命は変えちゃいけないんだって。死に直すことはできるけど、死ぬ運命を変えることは許されないんだって。

難しいことはわからないけど、運命を変えるなんて大それたことをしたら、死ぬはずだった私が生き続けたりしたら、ひずみが生まれて、周りにまで悪影響を及ぼすって。

それがもしも、優海やおばあちゃんや、学校のみんなに及んでしまったら？

そんなの、だめでしょう。私が生き延びたせいでみんなに迷惑がかかるなんて、だめでしょう。

もしも優海が私を助けようとしたら、優海が死んじゃうかもしれなかったんだよ。
そんなの耐えられないよ。
私は十五歳の夏に死ぬ運命だった、それだけのこと。
それなのに、もう一度この夏を生きて、優海と少しでも長く過ごすことができた。
それだけで、私はじゅうぶん。もうじゅうぶん幸せだ。

ねえ、優海。

ごめんね、たくさん嘘をついて。
ごめんね、うまく離れられなくて。
ごめんね、約束を守れなくて。
ごめんね、優海を置いてけぼりにして。
ごめんね、ずっと一緒にいられなくて。
ごめんね、ひとりにして。
本当に、本当に、ごめんなさい。
それと、もうひとつ。
ありがとう、私と出会ってくれて。
ありがとう、何度も私を救ってくれて。
ありがとう、いつも一緒にいてくれて。

ありがとう、太陽みたいな笑顔を向けてくれて。

ありがとう、たくさんの優しさをくれて。

ありがとう、いっぱい好きって言ってくれて。

ありがとう、惜しみない愛を注いでくれて。

全部、全部、ありがとう。

出会ってからのすべてが、一緒に過ごした時間のすべてが、私の大切な大切な宝物だよ。

ねえ、優海。大好き。大好きだよ。

本当に、本当に、愛してる。

優海の笑顔を見ていると、もうなにもいらないって思えるくらい幸せだった。

暗闇の海の底で震えていた私は、優海の放つ優しい光に照らされて、包まれて、癒されて、いつの間にか孤独も絶望も寂しさも全部忘れてしまった。

優海と一緒にいられて、ただただ幸せだった。

優海がいなければ、私はきっとここまで生きてこられなかった。

短い人生だったけど、私が愛したのはたったひとり、優海だけだよ。もしもこれから何十年も生きたとしても、私が愛するのは優海だけだったと、神様に誓って言える。

ああ、優海を置いて死ぬってわかってたら、こんなに愛したりしなかったのに。優海をひとりにするってわかってたら、こんなに愛されたりしなかったのに。

ねえ、優海。もっと一緒にいたかったね。

もっともっと一緒に出かけたかったな。もっともっと一緒にご飯も食べたかったな。

大人になったら一緒にお酒を飲んだり、ドライブしたり、どこか遠くに旅行したりするのも楽しみだったんだ。恥ずかしいから言わなかったけど。

ねえ、優海。

私たちはもう一緒にはいられないけど、どうか幸せになってね。

悲しいけど、寂しいけど、私のことは忘れてもいいから。だから、誰にも負けないくらい、世界でいちばん幸せになってね。

ちっぽけな私の人生にも、この先少しくらいは幸せが待ってたと思う。それを全部優海にあげて、って神様にお願いしておくよ。

私は優海の幸せだけを祈ってるから。


さようなら、私のいちばん大切なひと。

たくさんの「ごめんね」と、数えきれない「ありがとう」と、私の生涯たったひとつの「愛してる」を、君に贈ります。

最終章　君の声

身体にまったく力が入らない。中身が空っぽになってしまったみたいだ。

俺は空気の抜けた風船人形のように、壁にもたれて呆然と天井を見ていた。

もう何時間こうしているんだろう。もしかしたら何日も経っているかもしれない。

わからない。そんなことはどうでもよかった。

だって、もう、凪沙がいない。この世界には、凪沙がいない。

信じられないけれど、たぶん本当だと、どこかでわかっていた。だって、俺は空っぽになってしまった。かたわれを失って、ぽっかりと穴が空いてしまった。そこからどんどんなにかが抜け落ちてしまって、もう立つことも歩くこともできない。

凪沙がいなくなった瞬間、俺は俺じゃなくなった。

凪沙が死んだなんて、頭では認めたくないのに、俺の心と身体に空いた穴が、凪沙を失ったことは事実なんだと訴えてくる。


あの日、約束の時間になっても凪沙は来なかった。

凪沙が待ち合わせに遅れたことなんて一度もなかった。おかしいと思って、すぐに家を出た。

凪沙を探して海沿いを走っている時に、堤防のほうから普通じゃない声が聞こえてきた。子どもの激しい泣き声と、助けを求める大人の声。

その瞬間、わかってしまった。

凪沙は嘘をついていたのだと。凪沙が溺れた子どもを助けて死ぬのは、明日ではなく今日だったのだと。

頭を殴られたような衝撃を感じた。

自分でも信じられないくらい速く走って、そのまま海に飛び込んだ。

凪沙はすぐに見つかった。真っ黒な髪と真っ白なブラウスが、青い海底で不気味にゆらゆら揺れていた。

抱きかかえて必死にもがいて、なんとか海面に出ると、集まってきた大人たちが凪沙と俺を引っ張り上げてくれた。

びっくりするほど疲れていて、身体が重くて自力では動けないほどだった。

すぐ隣では、父親が溺れた子どもに心臓マッサージをしていた。それを見た瞬間、身体が勝手に動いて、俺も同じように凪沙の胸を押した。

時間の感覚はまったくなかった。ただただ凪沙だけを見ていた。血の気を失ってぐったりとしている凪沙を。

しばらくして男の子が水を大量に吐いて、息を吹き返した。わっと歓声が上がった。

俺は凪沙に心臓マッサージをしながら、凪沙が救おうとした子は助かったよ、次は凪沙の番だよ、と心の中で語りかけた。

でも、凪沙は固くまぶたを閉ざしたままで、真っ白な顔は生気を完全に失っていた。

すぐに救急車が到着して、凪沙が先に担架《たんか》にのせられた。家族ですと言って、俺は凪沙と一緒に救急車に乗り込んだ。

たくさんの機器につながれて、凪沙は白い人形のように横たわっていた。

だらりと垂れた腕をつかんで、その手を自分の手のひらで包んだ。氷みたいに冷たくて、背筋が凍った。少しでも温めてやりたくて、必死に握りしめて、何度もさすった。

その時だった。凪沙の指がぴくりと動いた。

俺はすぐに凪沙の顔を見た。まぶたがぴくぴくと動いて、細く開いた。隙間から、濡れたように真っ黒な瞳が俺を見つけて、少しだけ微笑んだのがわかった。

やった、助かったんだ、と思った。

俺は手を握りしめて、凪沙、凪沙、と呼んだ。

すると、凪沙の唇が少しだけ開いた。でも声は聞こえない。

顔を寄せると、凪沙は小さな小さな声で、ごめん、と言った。

嘘をついたことを謝っているのだと思ったから、俺は必死に首を横に振った。

凪沙はまた少し笑って、今度は吐息だけで、だいすき、と言った。

俺も、と答えた。すると凪沙はなぜか悲しそうに眉を寄せた。

俺は凪沙に覆いかぶさり、ぎゅっと抱きしめた。ほっ、と安堵したような吐息が俺の耳元で震えた。

怖いくらいに冷たい身体を、自分の体温で温めてやりたくて、しがみつくようにすがりつくように抱きしめた。

しばらくして凪沙が、声にならない声で言った。

『ごめん、うそ、わすれて』

――それが凪沙の最後の言葉だった。


凪沙の葬式が終わって、家に戻ってきてから、一歩も動けなくなった。

町の人も、学校の友達も、みんな心配してくれていたから、大丈夫な顔を見せなきゃと気を張っていたけれど、ひとりになった瞬間、もうだめだった。

糸が切れたように身体に力が入らなくなって、床に崩れ落ちて、そのままずっとこうしている。

腹も減らないし、喉も渇かない。このままでいたら、いつかからからに干からびて、紙みたいにぺらぺらになって、海風に乗って凪沙のところまで行けるかもしれない。

ぼんやりとそう思っていた時、縁側の窓を叩く音がした。見ると、大きな風呂敷包みを抱えたタエさん――凪沙のばあちゃんだった。

「……優海くん」

それだけ言って、俯いてしまった。その拍子に、タエさんの涙がぽろぽろとこぼれて床に落ちる。

最愛の孫を、たったひとりの家族を、タエさんは失ってしまったのだ。俺はなにも言えなくて、うん、とだけ答えて視線を戻した。

その時、飾り棚の上の写真立てが目に入った。

両親と俺と広海と、凪沙。

もう俺しか残ってないんだ。

そう思った瞬間、わけのわからない感情が爆発した。悲しみ、怒り、苦しみ、絶望。そういうものがごちゃまぜになった感情だった。

「なんで……っ」

呻くように言って、俺は床にうずくまった。

「なんでだよお……!!」

かっと目の奥が熱くなって、涙が滝のように流れる。

「なんで凪沙まで……!!」

俺は胸をかきむしりながら床に這いつくばった。

「優海くん……」

タエさんが縁側から部屋に上がってきた。大声で泣きわめく俺の背中を、さするように何度も撫でてくれる。

タエさんだってつらいはずだ。それなのに慰めてもらうのは違うと、わかっていたけれど、込み上げてくる涙を止めることなんてできなかった。

なにもかも失ってしまったけれど、俺には凪沙がいてくれた。

家族がみんな死んでしまって、砂漠の真ん中にひとり取り残されたような気持ちでいた時に、凪沙は俺が立ち直るまでただひたすら側にいてくれた。

俺にとって凪沙は、暗闇に射した優しい光で、救いの光、そして希望の光だった。

凪沙とだけはずっと一緒にいられると思っていた。凪沙だけは失いたくなかった。

それなのに、また、俺の大切なものは、この手のひらからこぼれ落ちてしまった。

もう二度と失くしたりしないように、絶対に離れたりしないように、大切に大切に握りしめていたはずなのに、手のひらにすくった砂のようにあっけなく、指の隙間からこぼれ落ちてしまった。

「凪沙は、凪沙だけは、だめだよ……神様ぁ……」

俺のいちばん大事なものが、誰にも代えられない大切なひとが、俺のもとから消えてしまった。

「なんで……なんで……神様……」

床に突っ伏しながら嘆く俺に、タエさんが「神様はねぇ」とつぶやくように言った。

「神様は、たくさん与えてくださるけど、たくさん奪うものなんだよ……」

震える声には、俺以上にたくさんの大事なものを失ってきた悲しみがこびりついていた。

俺はゆっくりと顔を上げ、タエさんを見る。

タエさんは戦時中に若くして結婚して、戦争で親兄弟と旦那さんを亡くしたと聞いたことがあった。戦後、何人も生まれた子どもを必死に育てたけれど、大人になれたのは末っ子のひとりだけで、その息子、つまり凪沙の父親も若くして死んでしまった。残された凪沙を自分の子どものように大切に育てていたのに、その凪沙も死んでしまった。なんて悲しいことだろう。

そんなにもたくさんのものを失ってきて、それでも強く生きられるのは、どうしてなんだろう。

「……どうして、大事なものばっかり、なくなっちゃうんだろう……。どうしてみんな俺を残して死んじゃうのかな……」

涙でかすれる声で訊ねると、タエさんは寂しそうに笑った。

「生きとるとねえ、何度も何度も悲しいことや苦しいことがある。大切なものをいくつも奪われる。自分はもう生きとっても仕方ないって、生きる意味なんかないって思うことがたくさんある……。それでも信じとらんと……生きていかんといけんのよ」

言葉を失った俺に、タエさんは「つらいねえ」と泣きながら言った。

嫌だ、と思った。

俺は凪沙がいないと生きていけない。凪沙を失った人生になんて意味はない。生きていたって意味がない。この世界にはもう凪沙がいないなら、俺が凪沙のいる場所に行くしかないじゃないか。

そう思った時、タエさんが俺の手になにかを握らせた。

「なぎちゃんにね、頼まれとったんよ。亡くなる前の晩にね、優海くんに会ったら渡してほしいって」

目を落とすと、俺の手のひらの中にあったのは凪沙のスマホだった。わけがわからず、俺は首をかしげてタエさんを見つめる。

「それともうひとつ、灯籠に描いた絵も見せてあげてって言ってねえ」

タエさんが、抱えてきた風呂敷包みから龍神祭の灯籠を取り出した。俺は呆然とそれを受け取る。

「今思い返すと不思議やねえ……。あの子はもしかしたら、なんかわかっとったんやないかと思ってまうよ……。自分が死ぬことを知っとったみたいにねえ、優海くんに渡したいものをばあちゃんに頼んで、逝ってしもうたんよ」

タエさんが目じりの涙をぬぐいながら言った。

「さて、ばあちゃんは家に戻ろうかね。なぎちゃんが寂しがるといけんからね……」

そう言って、タエさんは俺に手を振って帰っていった。


残された俺は、スマホと灯籠を前にぼんやりと座っていた。

凪沙はどうしてこんなものを俺に残したんだろう。

どうしていいかわからず、とりあえず電源ボタンを押してみる。すると画面が点灯した。

でも、ロックがかかっていて暗証番号を打ち込まないと開けないようだった。ますますわけがわからなくて、俺はスマホを置いて今度は灯籠を見た。

夜の海と星空と、月と砂浜の絵。淡くて優しい色合いがとても凪沙らしかった。

中学の頃の美術の授業で、絵はうまくないから嫌だと文句を言いつつも、熱心に描く凪沙が可愛らしかったのを思い出して、ふっと笑みがもれた。

視線をずらして、海の絵の横にピンク色の貝が描かれているのを見た瞬間、ぐっと涙が込み上げてきた。

寄り添う二つの貝殻は、綺麗な左右対称で、お互いが唯一の特別な存在だとわかる。

これを描いた時の凪沙の気持ちを思って、俺はまたしばらく泣いた。

涙の波が引いてきて、灯籠を見つめ直した時、あるものに気がついた。

桜貝の絵の下に、ひっそりと書かれている文字。よく見ると、それは四桁の数字

――俺の誕生日の日付だった。

ぼんやりと眺めてから、はっと気がつく。俺は慌てて凪沙のスマホを手に取り、震える指でその数字を打ち込んだ。

「あ……！」

ロックが解除された。表示された画面は、メモ帳だった。

【優海へ】

という文字が飛び込んできて、心臓が大きく弾んだ。凪沙が俺を呼ぶあの優しい声が、鼓膜に甦《よみがえ》った。

【アルバム見てみて】

たった一文だけのそっけないメッセージ。凪沙らしい。

俺はすぐにメモ帳を閉じて、アルバムを開いた。

そこには、【優海へ】というタイトルがつけられたフォルダがあった。

がたがたと震える手でフォルダを開く。その瞬間、たくさんの俺の顔が現れて息を呑んだ。

朝に、昼に、夕方に、夜に。

海で、砂浜で、家で、教室で、体育館で、街で、駅で、電車で、バス停で。

顔をくしゃくしゃにして笑っていたり、少しすねていたり、歩いていたり、走っていたり、バスケをしていたり、お腹を抱えて笑い転げていたり、ご飯を食べていたり、勉強していたり、赤ちゃんに向かって変顔をしていたり、アイスを頬張っていたり、空を見上げていたり、こちらを見つめていたり、微笑んでいたり……。

数えきれないほどの俺が、そこにいた。

そういえば、凪沙はこのところ、やけに写真を撮っていた。カメラにはまっているのかと訊いたら、あいまいにごまかされたけれど。

凪沙はこのために写真を撮っていたのだ。凪沙の目に映る俺を、俺に見せるために。

「そっか……うん、伝わるよ」

俺は凪沙に向かって囁いた。

「凪沙には、俺がこんなふうに見えてたんだな……」

うまく言葉にはできないけれど、凪沙が俺のことをこんなにも優しい目で見てくれていたのだとわかった。

嬉しくて、嬉しくて、また泣けてきた。

一度死んで、もう一度与えられた貴重な時間を、凪沙は俺のために使ってくれていたのだ。怖かっただろうに、つらかっただろうに、自分のことよりも、俺の悲しみを少しでも減らそうと、こんなことをしてくれていたのだ。

凪沙、凪沙、と俺は心の中で叫んだ。

凪沙との思い出を辿りながら、アルバムを下にスクロールしていく。

いちばん最後のファイルを見て、どくっと心臓が跳ねた。

それは、写真ではなく動画だった。しかも、俺ではなく凪沙の。自分の部屋で学習机の前に座り、桜貝のネックレスをつけて、こちらを見ている凪沙。

俺は吐きそうなほど激しく動悸する胸を拳で押さえながら、再生ボタンを押した。

『優海』

いつもの声で、凪沙は俺を呼んだ。

途端に、恋しさが津波のように押し寄せてきて、涙が一気にあふれ出した。画面の中の凪沙が、まるで俺のことが見えているかのように、ふふ、と優しく笑う。

『どうせ泣いてばっかりいるんでしょ』

からかうように言って、凪沙はまた笑った。

『ちゃんとご飯食べてる？　ちゃんと夏休みの宿題進めてる？　もうすぐ登校日だよ、提出物あるの忘れてない？』

本当にいつもと変わらない口調と、何事もなかったかのような表情。

凪沙、凪沙、凪沙、と呼びながら、俺は画面を凝視した。

『もう高校生なんだから、しっかりしなよ。……って、いっつも言ってたけど、本当は、優海は誰よりがんばってるって知ってるよ』

凪沙が指先で髪の毛をいじる。照れている時の凪沙の癖だ。懐かしくて、さらに涙があふれた。

『最初はさ、手紙にしようと思ってたんだけどね、いざ書こうと思うとなんか恥ずかしくって、動画にしてみた。でも、しゃべるのもかなり恥ずかしいな……』

くすくすと凪沙が笑う。

『あのね……』

なにかを言おうと口を開いた凪沙が、そのまま口をつぐんだ。数秒の沈黙の後、凪沙は俯いて、乾いた声で笑った。

『いろいろ言うこと考えてたんだけど、なんかもう、頭真っ白だ……』

また絶句した凪沙の肩が、少し震えている。それに気づいた瞬間、抱きしめたくてたまらなくなった。時間を遡って、この時の凪沙を抱きしめたい。

『……優海には明後日って言ったけど、本当は明日なんだ。きっと優海はびっくりするね。さすがの優海でも怒るよね。嘘ついてごめんね』

凪沙はまたこちらを見て微笑んだ。

明日溺れて死ぬとわかっていて、凪沙はこんな笑顔で俺のために話してくれている。

恐怖も絶望も呑み込み、いつもどおりの笑顔で俺に語りかけてくれている。

凪沙はいつもそうだった。

自分のことよりも他人のことを考えるような優しい子だった。自分のことよりも俺のことを優先して、俺のことをいちばんに考えてくれていた。

優しすぎるよ、凪沙。だから、こんなことになっても、そんなふうに笑ってしまうんだ。

『本当にごめん』

そう繰り返した凪沙は、また俯いて唇を噛んだ。それから小さく嗚咽をもらして、かすれた声で『優海』と言った。

『優海……優海。ありがとう。お母さんがいなくなって、悲しくて寂しくてたまらなかった時、優海が私を救ってくれたんだよ。それからも何度も優海の優しさに救われた。……いつも一緒にいてくれて、ありがとう』

顔を上げた凪沙の瞳から、透明な涙がぽろぽろとこぼれ落ちる。

『私は優海からたくさんたくさん幸せをもらったよ。だから、もうじゅうぶんなんだ。もうお腹いっぱい』

泣きながら、凪沙は穏やかに笑っていた。

『だから、優海も、あんまりいつまでも悲しんでたらだめだよ』

でも、声は隠しようもないほど震えている。

俺はスマホを両手で強く握りしめた。こんな画面、なくなればいいのに、と思った。この中に入って、凪沙を抱きしめたい。息もできないくらい、震えも止まるくらい、強く強く、抱きしめてあげたい。

ごめん凪沙、側にいてやれなくてごめん、と心の中で謝った。

『優海、大好き』

少し息をついてから、凪沙が明るい声で言った。それから胸元のネックレスにそっと指先で触れる。

『優海がくれたこの幸せの桜貝、効果抜群だったね。私は優海がずっと一緒にいてくれて、私のこと好きになってくれて、死ぬほど幸せだったもん。桜貝の言い伝えは本当だったね』

凪沙は桜貝をつまんで持ち上げ、こちらに向けた。

『今度は、優海が幸せになる番だよ。そのための宝の地図を書いておいたから、宝探しに行って、ちゃんと見つけてね』

いたずらっぽく笑った顔は、俺の大好きな凪沙の表情のひとつだった。

『私のことなんか忘れて、優海が誰より幸せになるのを願ってる。幸せにならなきゃ許さないからね』

きっぱりと言ってから、凪沙は少し唇を震わせて、今度は泣きそうな声で言った。

『……でも、たまには思い出してくれたら、嬉しいな……。たまにでいいから。わがままでごめんね』

最後は声にならなかった。

『……優海、愛してる。ばいばい』

凪沙は満面の笑みで涙をぽろぽろ流しながら手を振り、動画はそこで終わった。真っ暗になった画面に、涙でぐしゃぐしゃになった俺の顔が写っていた。

うわあああ、と言葉にならない叫びが喉から飛び出した。

凪沙を抱きしめ、俺は泣きわめく。こんなに涙が出るのかとびっくりするくらい、あふれてもあふれても止まらなかった。

頬も唇も顎も首も胸も服も、全部びしょ濡れになるまで泣いて、それでも涙はちっとも枯れなかった。


何時間も泣き続けて、気がついた時には真っ暗だった。

誰もいない家、もう凪沙も来てくれない家。

絶望的な寂しさにのたうち回っていた時、ふいになにかが身体に触れて、がたんと音を立てた。見ると、凪沙の灯籠だった。

宝の地図を書いておいた、という凪沙の言葉を思い出し、俺はがばっと身を起こして灯籠にすがりついた。

すると、夜の砂浜の端のほうに、小さな猫の絵が描かれているのを見つけた。猫岩、とつぶやきがもれる。

次の瞬間、俺は立ち上がって家を飛び出した。

息を切らしながら、夜の道を海に向かって全速力でひた走る。心の中で、何度も何度も凪沙の名前を叫びながら。

防波堤の階段を駆けおりて、砂浜に出た。真っ白な月の光に照らし出された、俺たちの大事な思い出の場所。

足を止めて呼吸を整えてから、俺は一歩踏み出した。

砂を踏みしめながら、ゆっくりと歩く。

この砂浜のことを、凪沙は月の砂漠みたいだと言っていた。月の砂はきっとこんな色をしていると思う、と。

凪沙は自分のことを現実主義者だと言っていたけれど、俺から見たら、とても想像力があってロマンチストだ。だから、宝探しなんて思いついたんだろう。

俺は宝の地図が示す場所へ、俺たちの宝物を探しに向かう。目印は、猫岩だ。凪沙が気に入っていた、猫の形をした岩。その前に座り込み、砂をかきわける。

それはすぐに見つかった。――桜貝のネックレスだ。

枯れ果てたと思っていた涙が、またあふれ出した。凪沙のかけらを握りしめ、胸に抱きしめる。

この貝殻を見つけた時、俺は思わずすぐに凪沙に差し出した。俺にとっていちばん幸せになってほしいのは凪沙だったからだ。

まだ幼いうちにお父さんが死んでしまって、しかもお母さんもいなくなってしまって、それでも文句ひとつ言わずに、弱音ひとつ吐かずに、一生懸命に生きていた、凛《りん》として強い、誰よりも優しい女の子。

出会った瞬間に、俺は凪沙のことが大好きになった。たくさんたくさん笑ってほしくて、しつこいくらいに話しかけたし、断るのも聞かずにどこまでも連れ回した。

大好きな凪沙に、少しでも多くの幸せが訪れるように、桜貝をあげたかった。俺には大好きな家族がいて、大好きな凪沙もいて、もうこれ以上ないくらいに幸せだったから。

でも、凪沙は桜貝の半分を俺に返して、『こっちは優海が持ってて』と笑った。それから、俺の気持ちを受け入れて、『一緒に幸せになろう』と言ってくれたのだ。あの時俺がどれほど嬉しかったか、凪沙はきっと知らないだろう。

そしてまた凪沙は俺に桜貝をくれた。俺に幸せになってほしいと言い残して、自分の分の幸せを俺に全部くれたのだ。

手のひらを開き、儚くて綺麗な桜色の貝殻を見つめる。手首には、凪沙が作ってくれたミサンガが結ばれていた。

反対の手をズボンのポケットに差し込むと、凪沙が買ってくれた手帳があった。

『ちょっと早めの誕生日プレゼント』と笑った凪沙が、あの時にはすでに覚悟を決めていたのだと、今になって痛いほどわかる。

俺はこんなにも凪沙の愛と優しさに包まれているのだ、と心が震えた。

悲しくて寂しくて仕方がないのに、胸の奥のほうから、暗闇にぽっと明かりを灯すようなあたたかい気持ちが湧き上がってくる。

俺はゆっくりと立ち上がり、桜貝を握りしめながら振り向いた。

果てしなく広がる景色に、目を奪われる。

海が月を映している。風が吹いている。波がさざめき、星が輝き、雲が流れていく。

凪沙がいなくなった世界も、相変わらず、途方もなく綺麗だった。

俺はここで生きていかなくちゃいけない。

寂しい、悲しい、苦しい。でも、生きなくちゃいけない。

それが凪沙の願いだから。俺の幸せを、凪沙が祈ってくれたから。

俺は凪沙の願いを叶えてやりたい。だから、生きるんだ。

大丈夫、生きていける、と俺は自分に語りかける。

凪沙のくれた愛と優しさがあるから、生きていける。生きていかなきゃいけない。

海のように深い愛と、風のように果てしない優しさを胸に、俺はこの、凪沙のいない世界で、幸せになってみせる。

心の中の凪沙に、強く誓った。


神様がいるという海を見つめながら、俺が今願うことは、ひとつだけだ。

どうか凪沙が、悲しみも苦しみもない世界で、安らかに眠れますように。

俺の他の願いなんて、なにひとつ叶わなくたっていいから、どうかこの願いだけは叶えてほしい。

夜の海を吹き渡る風が、白い砂浜を照らし出す月が、きっとこの祈りを神様に届けてくれるだろう。


【完】

あとがき

この度は数ある作品の中から本作を手に取って頂き、誠にありがとうございます。

私事で恐縮なのですが、昨年、第一子が誕生しました。この『海に願いを 風に祈りを そして君に誓いを』は、出産後初めて執筆した作品になります。

慣れない育児に追われて、半年以上も筆をとらずにいましたが、慌ただしい日々の中でも、頭ではずっと「次に書く小説はどんなものにしようか」と考えていました。

それまで私は、色々な悩みを抱えていた思春期の自分自身や、教師になってから出会った教え子たちを念頭に、彼らに贈りたい言葉や伝えたいことをテーマとして、彼らに読んでほしい物語を形にするイメージで作品づくりをしていました。

ですが、出産を経て子どもを育てるようになった今、我が子が大きくなった時に読んでほしいものというイメージも加わってきました。

いつか子どもが成長して、何か悩んだり、つらい思いをしたり、壁にぶつかったりした時、親に相談してくれるとは限りません。私自身、プライドや気恥ずかしさがあって、何もかも親に話すことは難しかったのを覚えています。思春期ってそういうものですよね。だからこそ、我が子が悩み苦しんでいる時にかけてあげたい言葉、知っておいてほしいことを、小説という形で残しておきたいなと思いました。読んでくれるかは分かりませんが（笑）。

　生きていく上では、たくさんの悲しみや苦しみを知り、思い通りにならないことやどうにもならないことにも次々と出会うことになります。大好きな人や大切なものを失ってしまうことも何度もあるでしょう。永遠に止まない雨に降りこめられ、いつまでも明けない夜に閉じこめられているように感じる時もあると思います。

　そんな時に、なんとか悩みを乗り越え、泣きわめきながらでも苦しみを呑み込んで生き抜く強さを、人は身につけていかなきゃいけないんだと、この頃よく思います。

　この作品にこめたそういうメッセージが、読者の皆様の胸に少しでも響いてくれればいいなと祈っています。


　最後に、これまでに拙作を読んで下さった皆様、いつも応援の声を下さる皆様、サイト公開時に本作を読んで下さった皆様、書籍化に関わって下さったスターツ出版の皆様のおかげで、この大切な作品に形を与えて世に送り出すことができましたこと、心より感謝いたします。本当にありがとうございました。

二〇一八年八月　汐見夏衛

この物語はフィクションです。実在の人物、団体等とは一切関係がありません。

汐見夏衛先生へのファンレターのあて先
〒104-0031　東京都中央区京橋1-3-1　八重洲口大栄ビル7F
スターツ出版（株）書籍編集部 気付
汐見夏衛先生

海に願いを 風に祈りを そして君に誓いを

2018年8月28日　初版第1刷発行
2024年1月31日　　　　第22刷発行

著　者　　汐見夏衛

発行人　　菊地修一
デザイン　　西村弘美
発行所　　スターツ出版株式会社
〒104-0031
東京都中央区京橋1-3-1　八重洲口大栄ビル7F
出版マーケティンググループ　TEL03-6202-0386
（ご注文等に関するお問い合わせ）
URL　https://starts-pub.jp/
印刷所　　大日本印刷株式会社

Printed in Japan

ISBN　978-4-8137-0518-5　C0193

スターツ出版文庫　好評発売中!!

『100回目の空の下、君とあの海で』　櫻井《さくらい》千姫《ちひめ》・著

ずっと、わたしのそばにいて──。海の近くの小学校に通う６年生の福田悠海と中園紬は親友同士。家族にも似た同級生たちとともに、まだ見ぬ未来への希望に胸をふくらませていた。が、卒業間近の３月半ば、大地震が起きる。津波が辺り一帯を呑み込み、クラス内ではその日、風邪で欠席した紬だけが犠牲になってしまう。悲しみに暮れる悠海だったが、あるとき突然、うさぎの人形が悠海に話しかけてきた。「紬だよ」と…。奇跡が繋ぐ友情、命の尊さと儚さに誰もが涙する、著者渾身の物語！

ISBN978-4-8137-0503-1 ／ 定価：本体590円＋税

『今夜、きみの声が聴こえる』　いぬじゅん・著

高２の茉菜果は、身長も体重も成績もいつも平均点。“まんなかまなか”とからかわれて以来、ずっと自信が持てずにいた。片想いしている幼馴染・公志に彼女ができたと知った数日後、追い打ちをかけるように公志が事故で亡くなってしまう。悲しみに暮れていると、祖母にもらった古いラジオから公志の声が聴こえ「一緒に探し物をしてほしい」と頼まれる。公志の探し物とはいったい……？　ラジオの声が導く切なすぎるラストに、あふれる涙が止まらない！

ISBN978-4-8137-0485-0 ／ 定価：本体560円＋税

『きみと泳ぐ、夏色の明日』　永良《ながら》サチ・著

事故によって川で弟を亡くしてから、水が怖くなったすず。そんなすずにちょっかいを出してくる水泳部のエース、須賀。心を閉ざしているすずにとって、須賀の存在は邪魔なだけだった。しかし須賀のまっすぐな瞳や水泳に対する姿勢を見ていると、凍っていたようなすずの心は次第に溶かされていく。そんな中、水泳部の大会直前に、すずをかばって須賀が怪我をしてしまい──。葛藤しながらも真っ直ぐ進んでいくふたりに感動の、青春小説！

ISBN978-4-8137-0483-6 ／ 定価：本体580円＋税

『神様の居酒屋お伊勢～笑顔になれる、おいない酒～』　梨木《なしき》れいあ・著

伊勢の門前町、おはらい町の路地裏にある『居酒屋お伊勢』で、神様が見える店主・松之助の下で働く莉子。冷えたビールがおいしい真夏日のある夜、常連の神様たちがどんちゃん騒ぎをする中でドスンドスンと足音を鳴らしてやってきたのは、威圧感たっぷりな“酒の神”！　普段は滅多に表へ出てこない彼が、わざわざこの店を訪れた驚愕の真意とは──。笑顔になれる伊勢名物とおいない酒で、全国の悩める神様たちをもてなす人気作第２弾！「冷やしキュウリと酒の神」ほか感涙の全５話を収録。

ISBN978-4-8137-0484-3 ／ 定価：本体540円＋税

スターツ出版文庫　好評発売中!!

『記憶喪失の君と、君だけを忘れてしまった僕。』小鳥居《ことりい》ほたる・著

夢も目標も見失いかけていた大学３年の春、僕・小鳥遊公生の前に、華怜という少女が現れた。彼女は、自分の名前以外の記憶をすべて失っていた。何かに怯える華怜のことを心配し、記憶が戻るまでの間だけ自身の部屋へ住まわせることにするも、いつまでたっても華怜の家族は見つからない。次第に二人は惹かれあっていき、やがてずっと一緒にいたいと強く願うように。しかし彼女が失った記憶には、二人の関係を引き裂く、衝撃の真実が隠されていて──。全ての秘密が明かされるラストは絶対号泣！

ISBN978-4-8137-0486-7 ／ 定価：本体660円＋税

『月の輝く夜、僕は君を探してる』柊《ひいらぎ》 永太《えいた》・著

高３の春、晦人が密かに思いを寄せるクラスメイトの朔奈が事故で亡くなる。伝えたい想いを言葉にできなかった晦人は後悔と喪失感の中、ただ呆然と月日を過ごしていた。やがて冬が訪れ、校内では「女子生徒の幽霊を見た」という妙な噂が飛び交う。晦人はそれが朔奈であることを確信し、彼女を探し出す。亡き朔奈との再会に、晦人の日常は輝きを取り戻すが、彼女の出現、そして彼女についての記憶も全て限りある奇跡と知り…。エブリスタ小説大賞2017スターツ出版文庫大賞にて恋愛部門賞受賞。

ISBN978-4-8137-0468-3 ／ 定価：本体590円＋税

『下町甘味処 極楽堂へいらっしゃい』涙鳴《るいな》・著

浅草の高校に通う雪菜は、霊感体質のせいで学校で孤立ぎみ。ある日の下校途中、仲見世通りで倒れている着物姿の美青年・円真を助けると、御礼に「極楽へ案内するよ」と言われる。連れていかれたのは、雷門を抜けた先にある甘味処・極楽堂。なんと彼はその店の二代目だった。そこの甘味はまさに極楽気分に浸れる幸せの味。しかし、雪菜を連れてきた本当の目的は、雪菜に憑いている“あやかしを成仏させる”ことだった！やがて雪菜は霊感体質を見込まれ店で働くことになり…。ほろりと泣けて、最後は心軽くなる、全５編。

ISBN978-4-8137-0465-2 ／ 定価：本体630円＋税

『はじまりは、図書室』虹月一兎《こうづきかずと》・著

図書委員の智沙都は、ある日図書室で幼馴染の裕司が本を読む姿を目にする。彼は智沙都にとって、初恋のひと。でも、ある出来事をきっかけに少しずつ距離が生まれ、疎遠になっていた。内向的で本が好きな智沙都とは反対に、いつも友達と外で遊ぶ彼が、ひとり静かに読書する姿は意外だった。智沙都は、裕司が読んでいた本が気になり手にとると、そこには彼のある秘密が隠されていて──。誰かをこんなにも愛おしく大切に想う気持ち。図書室を舞台に繰り広げられる、瑞々しい“恋のはじまり”を描いた全３話。

ISBN978-4-8137-0466-9 ／ 定価：本体600円＋税

スターツ出版文庫　好評発売中!!

『10年後、夜明けを待つ僕たちへ』　小春《こはる》りん・著

『10年後、集まろう。約束だよ！』──７歳の頃、同じ団地に住む幼馴染５人で埋めたタイムカプセル。十年後、みんな離れ離れになった今、団地にひとり残されたイチコは、その約束は果たされないと思っていた。しかし、突然現れた幼馴染のロクが、「みんなにタイムカプセルの中身を届けたい」と言い出し、止まっていた時間が動き出す──。幼い日の約束は、再び友情を繋いでくれるのか。そして、ロクが現れた本当の理由とは……。悲しすぎる真実に涙があふれ、強い絆に心震える青春群像劇！

ISBN978-4-8137-0467-6 ／ 定価：本体600円＋税

『京都あやかし料亭のまかない御飯』　浅海《あさみ》ユウ・著

東京で夢破れた遥香は故郷に帰る途中、不思議な声に呼ばれ京都駅に降り立つ。手には見覚えのない星形の痣が…。何かに導かれるかのように西陣にある老舗料亭『月乃井』に着いた遥香は、同じ痣を持つ板前・由弦と出会う。丑三時になれば痣の意味がわかると言われ、真夜中の料亭を訪ねると、そこにはお腹をすかせたあやかしたちが!?　料亭の先代の遺言で、なぜかあやかしが見える力を授かった遥香は由弦と“あやかし料亭”を継ぐことになり…。あやかしの胃袋と心を掴む、まかない御飯全３食入り。癒しの味をご堪能あれ！

ISBN978-4-8137-0447-8 ／ 定価：本体570円＋税

『きみと見つめる、はじまりの景色』　騎月孝弘《きづきたかひろ》・著

目標もなく、自分に自信もない秀はそんな自分を変えたくて、高一の春弓道部に入部する。そこで出会ったあずみは、凛とした笑顔が印象的な女の子。ひと目で恋に落ちた秀だったが、ある日、彼女が泣いている姿を見てしまう。実は、彼女もある過去の出来事から逃げたまま、変われずに苦しんでいた。誰にも言えぬ弱さを抱えたふたりは、特別な絆で結ばれていく。そんな矢先、秀はあずみの過去の秘密を知ってしまい──。優しさも痛みも互いに分け合いながら、全力で生きるふたりの姿に、心救われる。

ISBN978-4-8137-0446-1 ／ 定価：本体610円＋税

『ちっぽけな世界の片隅で。』　高倉《たかくら》かな・著

見た目も成績も普通の中学2年生・八子は、恋愛話ばかりの友達も、いじめがあるクラスも、理解のないお母さんも嫌い。なにより、周りに合わせて愛想笑いしかできない自分が大嫌いで、毎日を息苦しく感じていた。しかし、偶然隣のクラスの田岡が、いじめられている同級生を助ける姿を見てから、八子の中でなにかが変わり始める。悩んでもがいて…そうして最後に見つけたものとは？　小さな世界で懸命に戦う姿に、あたたかい涙があふれる──。

ISBN978-4-8137-0448-5 ／ 定価：本体560円＋税

スターツ出版文庫　好評発売中!!

『いつか、君の涙は光となる』　春田《はるた》モカ・著

高校生の詩春には、不思議な力がある。それは相手の頭上に浮かんだ数字で、その人の泣いた回数がわかるというもの。５年前に起きた悲しい出来事がきっかけで発動するようになったこの能力と引き換えに、詩春は涙を流すことができなくなった。辛い過去を振り切るため、せめて「優しい子」でいようとする詩春。ところがクラスの中でただひとり、無愛想な男子・吉木馨だけが、そんな詩春の心を見透かすように、なぜか厳しい言葉を投げつけてきて――。ふたりを繋ぐ、切なくも驚愕の運命に、もう涙が止まらない。

ISBN978-4-8137-0449-2 ／ 定価：本体580円＋税

『星空は100年後』　櫻《さくら》いいよ・著

俺はずっとそばにいるよ――。かつて、父親の死に憔悴する美輝に寄り添い、そう約束した幼馴染みの雅人。以来美輝は、雅人に特別な感情を抱いていた。だが高1となり、雅人に“町田さん”という彼女ができた今、雅人を奪われた想いから美輝はその子が疎ましくて仕方ない。「あの子なんて、いなくなればいいのに」。そんな中、町田さんが事故に遭い、昏睡状態に陥る。けれど彼女はなぜか、美輝の前に現れた。大好きな雅人に笑顔を取り戻してほしい美輝は、やがて町田さんの再生を願うが…。切なくも感動のラストに誰もが涙！

ISBN978-4-8137-0432-4 ／ 定価：本体550円＋税

『おまかせ満福ごはん』　三坂《みさか》しほ・著

大阪の人情溢れる駅前商店街に一風変わった店がある。店主のハルは“残りものには福がある”をモットーにしていて、家にある余った食材を持ち込むと、世界でたった一つの幸せな味がする料理を作ってくれるらしい。そこで働く依は、大好きな母を失った時、なぜか泣けなかった。そんな依のためにハルが食パンの耳で作ったキッシュは、どこか優しく懐かしい母の味がした。初めて依は母を想い幸せな涙を流す――。本替わりのメニューは、ごめんね包みのカレー春巻き他、全５食入り。残り物で作れる【満福レシピ】付き！。

ISBN978-4-8137-0431-7 ／ 定価：本体530円＋税

『桜が咲く頃、君の隣で。』　菊川《きくかわ》あすか・著

高２の彰のクラスに、色白の美少女・美琴が転校してきた。「私は…病気です」と語る美琴のことが気になる彰は、しきりに話し掛けるが、美琴は彰と目も合わせない。実は彼女、手術も不可能な腫瘍を抱え、いずれ訪れる死を前に、人と深く関わらないようにしていた。しかし彰の一途な前向きさに触れ、美琴の恋心が動き出す。そんなある日、美琴は事故に遭遇し命を落としてしまう。だが、目覚めるとまた彰と出会った日に戻り、そして――。未来を信じる心が運命を変えていく。その奇跡に号泣。

ISBN978-4-8137-0430-0 ／ 定価：本体580円＋税

書店店頭にご希望の本がない場合は、書店にてご注文いただけます。